オルレ

ソ・ミョンスク

「オルレ」道をつなぐ

姜信子＋牧野美加 訳

はじまりの人

CUON

オルレ

道をつなぐ

The Korea Foundation has provided financial assistance
for the undertaking of this publication project.

オルレ　道をつなぐ

CONTENTS

装丁 緒方修一

家々の庭先から村の通りへとのびる小道、それを済州島（チェジュド）ではオルレと呼ぶ。

暮らしとともにあるその道は、私的空間と公的空間を結ぶ道でもあった。

朝露に足を濡らし、隣の家の老婆まで野菜を届けたこともあった。

凍てつく寒さの中、熱の下がらないわが子を抱えて走ったこともあった。

星降る夜、恋人からの手紙に胸を弾ませて歩いたこともあった。

二〇〇七年、歩くことに魅せられたひとりの女が
トレッキングコースに〈済州オルレ〉という名をつけた。
女は、オルレは「小宇宙である家から、宇宙に出て行く最初の通路」で、
「〈オルレ〉をつないでいけば、済州だけでなく地球を一周できる」という。

朝鮮半島の南に浮かぶ済州島は、女の故郷だった。
そこは一五世紀の初頭まで耽羅（タムナ）という独立した王国があり、
朝鮮半島本土とは異なる歩みをもっていた。
〈三麗・三多・三無〉という言葉がある。
三麗は、済州島の麗しい、自然、心、果物。
三多は、済州島に多い、石、風、女。

「石」は、噴火による火山岩。「風」は、台風の通り道であるためで、
「女」は、男たちが漁業で遭難するなど死亡率が高かったことに由来する。
三無は、済州島には泥棒、乞食、門がないという意で、
島の厳しい自然環境下、協同精神が育まれたことを示している。
こうした済州ならではの風土や伝統を紡ぐ済州オルレによって、
車で観光地を効率よくピンポイントで巡っていた点は、
多くの人が島を歩くことによってつながり、線となった。
韓国はもともと登山を愛好する人が多く、
島の中央にそびえる韓国最高峰の漢拏山（ハルラサン）には
登山コースがあり、春にはツツジに染まる絶景に
国内外からの登山客で賑わうが、
オルレを訪れる人の数は、その比ではなかった。
リピーターも多く〈オルレシンドローム〉なる言葉も生まれ、
二〇一一年には年間の利用者数は一〇〇万人を超えた。
韓国の観光の常識をひっくり返した大事件、とマスコミは騒ぎ立てた。

オルレのひとつずつは細く短くもあったが、
それらが少しずつつながることによって
誕生から五年で、島を一周できるまでになった。
女ひとりではじめたつもりだったが、
いつしか家族を巻き込み、気づくと
済州海洋警察や西帰浦（ソギポ）市庁を動かしていた。
アショカ財団が選定する、社会に変革をもたらす
〈世界有数の社会起業家〉である
アショカ・フェローにも、韓国ではじめて選ばれた。
オルレはやがて海を越えて日本へとわたり、
二〇一二年には九州オルレ、二〇一八年には宮城オルレが誕生した。
その地ならではの風土、海山の姿、人の温もりとともに歩くオルレに、
今日も多くの人が集い、汗を流し、風に吹かれている。

CHAPTER 1

済州の娘

ミョンスク商会の娘

西帰浦（ソギポ）。＊秦の始皇帝の使臣、徐福が五〇〇人の子どもを連れて不老不死の仙薬を探しに南方へと向かう旅の途上、正房瀑布（チョンバン）＊の絶壁に「徐市過之（徐市［徐福の別名］がここを通った）」と刻んだという伝説の地。そこで一九五七年、私は生まれた。

時にエメラルド、時に藍色の絹織物や黒光りする猛獣のように色と姿を変えて、太平洋へと続く西帰浦の海。果てしなく広く、美しいその海を見て育つことがどれほど恵まれ、致命的な経験か、当時はわからなかった。幼い頃、五感に刻まれた海は、そこを離れてどこで何をして暮らしていても、体のすみずみでたゆたっている。

作曲家の尹伊桑（ユンイサン）は、ベルリンにある自宅の庭の池に故郷、統営（トンヨン）＊の海と竹林を再現したという。よほどの思い入れがあったのだろう。彼の家を訪ねたある作家によれば、晩年の彼は「ヨーロッパ各地をまわっても、統営の海ほど青い海はなかった」と、故郷の海を懐かしんでいたそうだ。

西帰浦の海が私にとってはまさにそれ、どことも比べようのない海だ。夏の間、その海で私はひ弱な筋肉をきたえ、夢を膨らませた。チャグリ*の海であっぷあっぷ犬かきをしていると、高くそびえるソナンモリ*の絶壁から、村の青年たちがかけ声とともに海に飛び込む。唇が紫色になるまで水遊びをする。そして、熱く灼けた平たい岩に寝転がって体を温める心地よい気怠さといったら。早熟な文学少女だった私は、本で読んだ幸せってこういうことを言うんだろうと思った。

海が魂の基地だとしたら、毎日（メイル）市場は私の生活の基地だった。車座になってネギの根や土を取り除く近所のおばさんたちの前で、ネギが目にしみたのか顔

西帰浦■済州島の南部に位置する都市。
正房瀑布■西帰浦の海辺にある滝。二三メートルの高さから海へ直接落ちる。
統営■慶尚南道にある港町。固城半島の南部と一四〇の島からなる。
チャグリ■西帰浦の南東部に位置する海岸。西帰浦小学校も近い。
ソナンモリ■**ソナムモリとも言う。**牛の頭（ソモリ）に似ていることと、松の木（ソナム）が多いことからそう呼ばれる。チャグリ文化芸術公園内にある。

をしかめている私と、そんな私を見ておばさんたちが大笑いしている情景が、人生初の写真として残っている。市場はそれくらい、私にとって日常の空間だった。

西帰浦で唯一、毎日開かれることから毎日市場と呼ばれていたが、今となれば路地裏の市場ほどの規模だった。常連客を相手にいつも取っ組み合いのけんかをする精肉店が二軒、毎朝もうもうと湯気を上げる木綿豆腐やおぼろ豆腐を売る豆腐屋、ポニーの引く大きな荷車で市場の品物を運ぶカンさん一家、家にある廃品を持っていけば飴と交換してくれる廃品回収業者のファンさん一家、言うことをきかない四人の子を毎朝さんざんに罵(ののし)って叩き起こす未亡人のスンシム母さん一家が、ご近所さんだった。

数が多く、競争も激しかったのは食料品店で、母の経営する『徐明淑(ソミョンスク)商会』がまさにそのひとつだった。販売代理店で扱う味の素や砂糖や油から、露天商の売る豆もやしにいたるまで、所狭しと並べられた商品は数十種類にのぼる。今の雑貨店やスーパー、倉庫型量販店をひっくるめたような店だった。

お客さんたちは私を「ミョンスク商会の娘ミョンスク」と呼んだ。他の店はどこも社長の名前や出身地、さもなくばその類の店名にしていたのに、どうしてうちの店だけ私の名前をつけたんだろう。子どもも心にも食料品店をあまり誇らしく思っていなかったうえ、年がら年じゅう自分の名前が呼ばれるのがいやだった。

だが、店名にはそれなりの由来があった。母が、生後間もない私をいじことという篭に寝かせて、露天で商売をしていた頃のこと。通りかかった僧侶にお布施をすると、赤ん坊の運勢を四柱推命で観てあげようと申し出たのだという。僧侶は「娘の運勢は強すぎて、いけない」と舌打ちし、この強さを抑えるには一日に千回、娘の名前を呼ぶよう念を押して立ち去った。

母はその言葉がずっと気になっていたが、咸鏡北道(ハムギョンブクト)*から、ひとり戦火を逃れてきた父に身寄りはない。母も実家は遠く済州島東部の城邑里(ソンウムニ)にあったので、身近に私の名前を呼んでくれる親戚もいなかった。思案の末、新たに構えることになった店の屋号に娘の名前を、それもフルネームでつけることに母は決め

咸鏡北道▒現在の朝鮮民主主義人民共和国の北東部。北は中国とロシアと隣り合い、東は日本海を望む。

た。一九五九年のことだった。

忙しい店の娘としての立場をわきまえていたのか。私は町内でも、おとなしい子として評判だった。母が働いている間、一日じゅう、いじこに寝かされていても、ぐずらず泣きもしない私を近所の人たちはよくほめてくれた。

「母さんが忙しいのをわかってるんだねえ」

だが、時がたつにつれ、娘が同年代の子より成長が遅く、ひどい吃音(きつおん)があることに母は気づいた。教育者の家系に生まれたのに、女だという理由で上級学校に進学できなかったことが心残りだった母である。考えた末、漫画を買ってきて私に大きな声で読ませたり、村の子どもたちに飴玉を握らせて、うちのミョンスクと遊んでやってくれと頼んだりした。

その涙ぐましい努力の甲斐もなく、恥ずかしがり屋でゴム跳びもできない私に、友だちはなかなかできなかった。

モーレツな母

一九六〇年代中頃の西帰浦は、アメリカ西部開拓時代のゴールドラッシュのように活気に満ちていた。西帰浦近辺でのみ生産されていたみかんは、〈大学の木〉と呼ばれていた。みかんの木さえあれば学費を払えるほどの収入を得られたのだ。

そして、みかんと並ぶもうひとつの金脈が観光だった。生まれてはじめて飛行機や船に乗って済州島に来る新婚旅行客や団体旅行客、無銭旅行者が引きも切らなかった。それだけではない。キーセン観光*目当てに訪れる日本人にも、済州は爆発的な人気となった。チャンチュン旅館、キュルリム旅館、ナムソン旅館といった、従来より大きめの旅館が次々と出現し、西帰浦観光劇場などの劇場がオープン。テピョン館、ユソン館のような料亭も登場した。ホドン医院という病院もできた。

キーセン観光▒買春目的の観光旅行。

人口も急増した。私が入学した西帰浦小学校は、生徒が一六〇〇人を超える大きな学校だった。ベビーブーム世代の入学で、教室は足りず、午前と午後の二部制で授業をしなければならなかった。一クラス七〇人近い過密教室の中、ホドン医院やOK百貨店の家の娘たちに交じって、私はあらゆる面で平凡な子どもだった。いや、平凡というより、吃音や成績不振という問題を抱える子どもだった。ただ私のそばには、そんな娘をけっして見放さない、モーレツな母がいた。

希望の光がさしはじめたのは三年生の時だ。母が半ば強制的に読ませていた漫画や童話の効き目が出たのか、校内の作文コンクールで賞を取った。それからというもの、担任の先生は済州島内外の作文コンクールに私の書いた作文を送ったり、直接参加するよう背を押したりもした。賞を取る回数が増えるにつれ少しずつ自信がつき、学校の成績もぐんぐん上がる。娘の驚くべき変化に興奮した母は、仕入れのために船で釜山(プサン)に行くたびに、原稿用紙や童話の本、ついには児童文学全集まで買ってくるようになった。それらを栄養分にして、私の頭はポップコーンのようにポン、ポンとはじけた。

暗唱

小学校五年生の時、次なる飛躍が訪れた。当時、朴正熙(パクチョンヒ)政権は国民教育憲章*を宣布し、小中高の各学校で暗唱するよう指示した。私の担任の先生は学校も認める模範教師。試験の成績や課外活動でも、他のクラスに負けることを許さないエリート教師だった。先生は、きれいな字で国民教育憲章を黒板に書くと言った。

「これをノートに写して、一字たりとも間違えずに暗記しなさい」

子どもたちは黒板を埋めつくす文字にたじろいだ。あちこちから「うわー」「くっそー」と不満の声が湧きおこったが、先生が振り向くと、なにもなかったようにぴたりと止んだ。私ははじめて見る国民教育憲章がとても気に入った。朴正熙大統領がみずからつくられたのだと先生が説明してくれたが、なにより単語が難解で抽象的なのがよかった。

国民教育憲章▒ナショナリズム教育を展開する軍部政権が「国家の発展が個人の発展の基盤である」という考えに基づいて公布したもの。

〃我々は民族中興の歴史的使命を帯びてこの地に生まれた〃

冒頭から漢字語だらけの憲章が不思議とすんなり耳に入り、ずしんと胸に響く。松林を歩きながら、家でご飯を食べながら、私は憲章を何度も繰り返した。

翌日、先生はひとりずつ前に呼んで、国民教育憲章を暗唱させた。待望の瞬間だった。自分の番が来ると、私は一語一句、間違えることなく暗唱した。先生は何度もうなずき、子どもたちはこれみよがしに冷やかして先生に叱られた。暗唱試験は不合格の子を対象に繰り返されたが、五年生の終業式までついに暗唱できない子も多かった。国民教育憲章は、ずっと吃音でからかわれていた私に、揺るぎない自尊感情を植えつけた大事件だった。私は朴正熙大統領に深い尊敬の念を抱くようになった。

朴正熙大統領が三選に挑んだ一九七一年の大統領選挙は、今もはっきりと記憶している。若き金大中（キムデジュン）候補が四〇代旗手論を掲げて登場し、全国に旋風を巻きおこした。両候補は互角の戦いを繰り広げ、母もそれにともなって忙しくなった。

毎晩、家の縁側や庭で、大人たちがなにやらひそひそと話をしていた。母は朴正熙候補の所属政党である共和党の毎日市場での組織責任者だった。封筒のやりとりもしているようだった。中学二年生という敏感な思春期の少女だったからか、なにがおこなわれているのか十分に察することができた。

でも、私は熱烈な朴正熙キッドである。私は、母が選挙結果を心配すると、つられて不安になった。両親や先生の話では、金大中は全羅道（チョルラド）出身のアカ（共産主義者）で、大韓民国の未来を託してはならない危険人物。祖国近代化の父、われら国民のリーダーである朴正熙大統領が、そんな候補に押されて退くなんて、想像するのも忌まわしかった。

大統領選挙の夜、母はラジオの選挙放送に、はらはらした様子で耳を傾けていた。私も隣で耳をそばだてた。母は口ではもう寝なさいと言うものの、私がラジオを聴くのを止めはしなかった。開票状況が報じられ、抜きつ抜かれつの接戦に唇が渇き、手に汗握るデットヒートが繰り広げられた。

どのくらいたっただろうか。ついにラジオのアナウンサーが声を弾ませて朴正熙候補の当選確定を発表した。よほどうれしかったのだろう。母は私をぎゅっと抱きしめた。あまりに長い間はらはらしていたせいか興奮がさめやらず、なかなか眠れない。私は「早く電気を消して寝なさい」という母の小言をよそに日記帳を取り出し〝朴正煕大統領閣下、おめでとうございます！〟と書いてから、ようやく眠りについた。

私はあらゆる本を手当たり次第に読む文学少女だった。しかし、政治意識についてては、情報が統制されている状況で、朴正煕を神格化、偶像化する朴正煕キッドに過ぎない未熟児だった。

ボイコットの春

高校三年になった一九七五年の春。入試の準備に忙しい私は、世間の殺伐とした雰囲気など知る由もなかった。

ある日、「高麗大（コリョ）が七六年度の新入生をとらない」という噂が流れた。ソウルから伝わってきた風の噂だ。先生に確認すると、「本当にそうかもしれない」と言うではないか。田舎者の私が通うにはキャンパスの雰囲気が延世(ヨンセ)大学よりよさそうで、数学の試験の難易度が比較的低かったので、数学嫌いな私はひたすら高麗大学を目指していたものだから慌てた。先生の話では、高麗大学の学生たちが激しくデモをするので大学を閉めたということだった。

朴正熙キッドの私は維新憲法*を信じて疑わなかったが、その時はじめて、時代の怪しげな空気を感じた。

残酷な四月*が過ぎ、五月に入ると、さらなる苦難が待ちうけていた。外では緊急措置*九号の発動、内では校内デモである。

維新憲法▩朴正熙大統領は一九七二年十月、強権的政治体制を強化する「十月維新体制」を成立させた。翌月、大統領権限の大幅な強化と「統一主体国民会議」を設置するという内容の憲法改正案が公示され、国民投票により、維新憲法が成立した。

残酷な四月▩一九四八年にノーベル文学賞を受賞したイギリスの詩人T・S・エリオットの長編詩『荒地』の書き出し「四月は残酷極まる月だ」を、済州四・三事件や四・一九革命、セウォル号沈没事故など、韓国で多くの犠牲者を出した出来事が四月に多いことになぞらえている。

緊急措置▩一九七二年制定の憲法で大統領に付与された国家緊急権。「大統領が国家的な危機状況と判断する場合、憲法に規定された国民の自由と権利を暫定的に停止することができる」と規定した。九号は、維新憲法の否定・反対・歪曲・誹謗・廃棄の主張や請願、またそれらについての報道も禁止し、違反者に対しては裁判所発行の令状無しに逮捕、押収、捜査をおこなうことができるという内容。一九七五年五月に発動された。

いたるところで花がほころび、クスノキの緑は濃くなっていった。友人たちは目にしみるほどの青い空を見上げて腰をそらせ、「この退屈な日々はいつ終わるのかー」と叫んでいた。

その頃、私たち三年生の数学の先生が、二年生に「あいつらは数学の成績が悪すぎてソウル大、延世大、高麗大の入試は全滅だ」と言ったという噂が広まった。多少尾ひれはついていたものの、噂の大部分は事実だった。それは、ただでさえ勉強に疲れてピリピリしていた受験生の心に火をつけた。生徒たちは廊下に集まってひそひそと話した。見かねた学生会の幹部たちが先生に対し、今後そのような発言をしないと約束してほしいと求めたが、先生はピシャリと突っぱねた。事はだんだん大きくなり、三年生の全クラスが授業をボイコットして、普段、礼拝や体育の授業に使っている講堂に集まった。家に帰ったり、教室に残ったりする者はいない。暴言を吐いた数学の先生への不満のみにとどまらず、他の先生の授業のやり方や学校運営への不満が次々とあふれでた。騒動のリーダー格だった私自身も驚くほど、生徒たちは積極的に発言した。

神父の校長先生、修道女の教頭先生や英語の先生など、生徒たちを説得できそうな先生が次々と前に立ち、聖書のみことばや論理でなだめたが、生徒たちは床に座り込んで頭を垂れたまま、ぴくりとも動かない。あたりは暗くなっていく。座り込みは夜まで続き、先生たちはますます気が気でない様子だった。

「こんなことしていたら、みんな中央情報部に連れていかれるぞ」

そう言って、床をどんどんと踏み鳴らした。ある先生は絶叫するように言った。

「お父さん、お母さんから電話もかかってきている。今日のところは帰りなさい。明日、また意見を言えばいいじゃないか」

学生会幹部たちは熟考の末、今日のところは解散し、翌朝また集まることにした。家に帰るまでずっと、中央情報部の人、という言葉が頭で渦巻いていた。中央情報部といえば泣く子も黙る恐ろしい場所で、私たちには遠い存在だ。北から派遣されたスパイや工作員を捕まえる人たちが、生徒の単なる校内集会にまで干渉するのか。不安がよぎったが、先生が私たちを怖がらせようとオーバーに言っただけだと、すぐに打ち消した。

翌日、私たちは約束どおり、運動場に続々と集まった。噂を聞いた一、二年生が窓ごしに不安げな顔で私たちを見守っている。私たちは決死隊にでもなったかのような悲壮な表情だったが、おかしなことに、あるクラスの生徒だけ姿がなかった。そのクラスの教室を見上げると、奇妙な光景が目に入った。担任の先生が窓に足をかけて叫んでいる。生徒たちは泣きながら先生にすがっている。その先生は情熱的な授業と放課後指導で、生徒からの信頼が厚かった。まさにその先生が「デモを続けるなら窓から身を投げる」と言うので、生徒たちは大混乱に陥って、運動場に来られなかったのだ。これを機にデモは少しずつ勢いを失い、うやむやに終わってしまった。騒動後、リーダー格の私は停学処分を受けるか、反省文を書かされる覚悟をしていたが、なにも起きなかった。

この時、中央権力が宣布した緊急措置はそののち、辺境の女子高生だった私の人生に深い印象を残すことになる。私の青春を翻弄した長い長い緊急措置時代のはじまりだった。

高麗大学、苦いはじまり

一九七六年、私は晴れて高麗大学に入学した。両親は店が忙しく、入学式には来られなかった。立派な石造りの正門を前に、田舎者の私は身も心も縮こまる思いだった。

今でこそ、インターネットや交通も発達して、どこにいてもソウルの生活の様子を知ることができるが、四〇数年前のソウルと済州島では世界が違う。なにもかもがはじめてで、おぼつかなかった。街のきらめき、同級生の華やかなファッション。そのすべてが私を委縮させた。

片田舎出身の悲しさや寂しさは、故郷を発つ時に覚悟していたよりも深く、苦いものだった。幼い頃から本をたくさん読んでいたので標準語で書くのには慣れていたが、会話はぎこちない。テレビ、ラジオ、インターネットの動画がどこにでも届いて、標準語を日常的に耳にする時代ではなかった。特に、地方の言葉のなかでも済州の言葉は、慶尚道(キョンサンド)や全羅道のように独特の抑揚があるわけではないが、単語はまるで外国語のように違う。友人たちと話す時は、頭の中で翻訳してから話さなければならなかった。

ある時、校庭のベンチで小説を読んでいたら、同じ科の男子学生が後ろから近づいてきて、私の肩をポンと叩いた。驚いた私が振り向きざまに口にした言葉は「ムサ?」だった。その男子学生は聞き返した。

「僕が武士（ムサ）だって？　刀を差しているわけでもないのにどうして?」

それまで標準語で話していたのに、とっさに済州の言葉を使ってしまった。何か悪いことでもしたかのように赤面し、話題を変えたが、その日の出来事は苦い劣等感や羞恥心を私に残した。〈ムサ〉が済州の言葉で〈なに?〉という意味だと、どうして言えなかったのだろう。済州出身というのはみっともないことなのか。済州の言葉を使うのは恥ずかしいことなのか。アイデンティティーを否定した苦しさは、長い間、私につきまとった。

講義が終わると私は下宿にまっすぐ帰り、図書館で借りてきた小説の中に逃避した。ときどき通りかかる学生会館入口の掲示板に、サークルのメンバーを募集する紙が張りだされていたが、読書以外にこれといった特技も趣味もない私にとって、興味の対象ではなかった。特に、学生運動や社会運動に関心を示し、関与しようとする学生組織〈理念サークル〉は避けるようにしていた。理念サークルは危険なところだと聞いていたので、心の中に高い壁を作っていたのだ。都会の中の孤島のような存在となって、私は一学期をやり過ごした。

憧れの記者

二学期がはじまり、学生会館の前を通りかかった時、高大新聞社の学生記者を募集するという貼り紙を見かけた。新聞記者！　それは、私が作家の次に憧れていた職業だった。中学生の時、全国紙『韓国日報』の創業者、張基栄（チャンギヨン）さんが書いた本を読んで、すごく魅力的な職業なんだな、と思った。いろんなタイプの人と会い、事件現場を取材し、社会から疎外された貧しい人々の境遇を文章で代弁できる。ものを書く職業といえば、「食べていけない」と大人たちが心配する作家しか知らなかった私に、記者は、ものを書き、食べていける最高の職業に映った。その仕事を今のうちに経験するのもいいと思った。

ところが、これまたどうしたことか。その隣に、高大劇会の募集案内が貼ってあった。果たせぬ夢が心をぐっと刺激した。高校二年生の時、学内の英語劇に、さほど重要な役ではない助演として出たことがある。アイルランドの劇作家ジョン・ミリントン・シングの『海へ騎りゆく人々』という作品だった。荒い海を運命のように抱いて生きていかねばならないアイルランドと済州の類似性ゆえか、はじめて触れた演劇の魅力ゆえのことか、あるいは、思春期の女子高生の病だったのか。私は、演劇映画科に入って舞台俳優になる夢をしばし見たのだった。

高大新聞社の母体、学報社の願書受付の締切が近づいてきた。一方には高大劇会の入っている学生会館が、もう一方には高大新聞社の入っている広報館があった。どちらも心震えるほど、やりたい。ええい、どうにでもなれ。運命に任せよう。私は分かれ道に立ち、手のひらに唾を落として指でピンとはじいた。唾は新聞社のほうに飛んだ。そちらに向かって歩きだした。

高大新聞社では、それまで知らなかった世界と出会った。そこは、理念サークルのように特定の教材を使ってセミナーをしたり、誰かが強い意図をもって教育したりするところではない。翌週はどんなネタを扱うか会議をし、それが決まるとあとは締め切りまで突っ走り、締め切り後はみんなで酒を飲み、また議論する。現職の先輩や同僚の記者だけでなく、元記者たちも新聞社に出入りして討論に加わった。

朝鮮半島の端っこから上京した、骨の髄まで朴正熙キッドだった私には、それこそすべてがニュースだった。南北が対峙する状況では、やむをえない選択だと信じていた維新憲法は、朴正熙の長期執権のために緻密に計算されたものに過ぎず、一連の緊急措置は超法規的な発想だと先輩たちは説明する。はじめはよくわからなかったが、先輩たちの体験談はリアルで、あらゆる疑念や疑問のベールをはがしていった。

あの高三だった春の日々、高麗大学の全構成員が信じ難い暴力を経験していたことも知った。軍隊に突然、引っ張っていかれ監獄に入れられたり、学校が無期限の休校令のもと門を閉ざしたり、校内には軍人が常駐しはじめたり……。

先輩のひとりが重々しい口調で当時を振り返った。

「両親が心配するから故郷には戻れないし、学校にも入れない。校門の外からそっとのぞいたら、見えるのは戦車と軍隊の幕舎だけ。あの頃のことを思い出すだけで、ぞっとする……」

そんなことも知らずに私ときたら、どうして大学生がむやみにデモなんかして、受験の邪魔をするのかと、恨めしく思っていたのだ。

統制と検閲を経たニュースに飼いならされた私は、こうして社会に目を開きはじめた。少女時代の夢に使命感まで加わって、記者の仕事に全力投球した。ネタを見つけるとどこにでも駆けつけ、だれにでも会いに行った。女子学生の周りに張りめぐらされていた壁も、自分なりに打ち破ろうともがいた。

「高大新聞史上初の女性編集局長になれよ」と応援してくれる者もいた。

しかし、そのためには乗り越えねばならない同期がひとりいた。

女性の社会進出がまだ当たり前でなかった七〇年代。

それは、大統領として独裁支配をおこなう朴正熙が、

民主化運動を抑え、さらなる強権化と支配の恒久化を図るべく

一九七二年に維新体制を成立させたことにはじまった。

これによって、大統領が内政、外交、国防など国政全般にわたって
緊急措置を発令できるようになった。
七三年には韓国中央情報部によって
金大中が東京からソウルへと拉致された金大中事件。
七四年の朴正熙夫人暗殺事件を経て、
七九年、朴正熙暗殺にいたるという激動の時代だった。

ミョンスクは、高麗大学の教育学科に首席で入学したにもかかわらず
授業には顔もださず、使命にかられ新聞記者の仕事に没頭した。
軍事政権下で統制され、検閲されたニュースでしか
生まれ育った国を知るすべがなかった島の娘にとって
首都ソウル、そして新聞社で見聞きするものすべてが新しく、刺激的だった。
紙面をともにつくる先輩記者や同期たちはみな優秀で、魅力にとんでいた。
その中には、のちにミョンスクの婚約者となるジュウンの姿もあった。

初恋

オム・ジュウンは、第一印象からして尋常ではなかった。学生記者の合格者が発表された日、私は高大新聞社の廊下で、真っ黒に染めた軍服姿の男子学生を見かけた。私の視線に気づいたのか、彼が突然顔を上げて私を見つめた。その目から閃光のようなものが放たれた。私はたじろぎ、目を伏せた。なんなの、あの目力の強さ。

私は生まれてはじめて、小説や映画の主人公でない、身近にいる異性に心を揺さぶられたが、すぐにブレーキをかけた。のどかに恋愛ごっこをしていられるような身分ではなかったのだ。上級学校に進学できなかったことがずっと心残りであった母は、幼い頃から私に「独身で通しなさい。頭がよくて学のある女は立派な職業につけるから、結婚する必要はない。男に頼るんじゃないよ」と耳にタコができるほど繰り返し言い聞かせた。その夢を叶え、高大新聞社史上初の女性編集局長になってやるという野望を抱いていた私に、恋愛ごっこはぜいたくなことであり、時間の浪費だった。

ジュウンも、私の心が揺れないように手助けしてくれた。看護学部に通う長いストレートヘアの女子大生と合コンで出会ってからというもの、彼は彼女に夢中になった。アマチュア交響楽団のバイオリニストである彼女のバイオリンを持ってやる姿をよく目にしたし、同期からはジュウンの片思いをからかう声も聞こえた。ついには女子とはあまり話さない彼が、もじもじと私に話しかけてきた。どうしたら彼女の心をつかむことができるか、同じ女性としてアドバイスしてほしいのだと。

胸が張り裂けそうだったが、どのみち恋愛は私とは無縁のこと、私が求める領域ではない。彼に助言めいたものをしながら、ジュウンが恋愛に時間を浪費している間にすごい記事を書く、そしてヤツを抑えて初の女性編集長になるんだ、と自分を励ました。

私は講義室より、高大新聞を印刷する『朝鮮日報』の整理部や広報館にいることが多くなった。科に首席入学した奨学生だったのに、同期は私の顔を忘れてしまうありさまで、成績も急落した。それでも、学報社の記者として奨学金をもらっていたので、両親には勉学にいそしんでいるよう取り繕うことができた。

大学は記者の私たちに破格の待遇をしてくれていた。奨学金はどこかの企業からの支援らしかったが、その額は入学金の半分ほどにもなるもので、大学生の小遣いには十分なくらいの月給も出た。新聞の製作作業をする日には、行きつけの中華料理店で酢豚やコーリャン酒まで注文できた。

勤務環境がよくなる半面、紙面に課せられる有形無形の制約は次第にきつくなっていった。学報社は指導教授のもと、学生が自主運営しているように外からは見えたが、実際には、指導教授、実務幹事、局長、部長と複数の検閲を経る仕組みになっていた。最後の最後で問題のある原稿が見つかって、印刷直前に他の原稿に差し替えたり、大急ぎで表現を修正したりすることもあった。

さらなる羞恥心に襲われたのは、学生記者みずから検閲をするようになってからだった。上層部になにか言われないように、土壇場で大事故を起こさないように。だれかが企画案を出すと、「それ大丈夫？　通りそう？」と冗談が飛び交う。そういう空気が読めず大胆な企画を打ち出す仲間をわずらわしがる雰囲気も出てきた。表現も遠回しになり、批判なのか、そうでないのか、ねじり菓子のようにねじれた文章で記事を書くようになった。

ある日、私は、広報館でよく顔を合わせた見知らぬ中年の男が、中央情報部から業務協力のために高大新聞社に派遣された人物だと知った。もうひとり、よく見かけた中年の男は、私たちの大学を管轄する城北(ソンブク)警察署の情報課の刑事だった。大学新聞社でこれなら、放送局や新聞社の検閲はさぞ厳しいことだろう。

ニュースは果たして、どれほど真実なのか。

CHAPTER 2

激動の渦

真実とはなにか。

記者として自問するミョンスクは、

高大新聞社の創刊記念日の集いで、

自身の人生を大きく変えることになるヨンチョオンニ*と出会う。

ヨンチョオンニは、高大新聞社一の才色兼備として名を馳せた伝説のOG。

当時は、農民新聞社を経て、韓神(ハンシン)大学の大学院で神学を専攻していた。

ミョンスクは、江北区水踰里(カンブククスユリ)にある彼女の下宿に

週末ごとに遊びに行くようになり、

社会運動にまつわる本など、図書館にはないような本を読みふけった。

ヨンチョオンニから労働運動の話を聞くうちに、

記者を辞めて夜学の教師になることを決意する。

それと同時に、ヨンチョオンニの下宿での共同生活もはじまった。

下宿には女子学生たちが集まり、
自分たちの置かれた不条理な状況を語りあった。
その中にはひときわ目を引くヘジャオンニという先輩がいた。
同じ頃、ミョンスクはジュウンの誘いでソウル南西部の九老洞（クロドン）の夜学で働きだす。
そこでの日々は、本でも、大学でも知りえなかった
労働者たちの過酷な労働環境をミョンスクに突きつけた。
一九七八年、ヘジャオンニとジュウンが朴正煕政権打倒を訴える
校内デモをそれぞれ起こして逮捕された。
ジュウンは逮捕前、ミョンスクに愛の告白をしていた。
その後、ヨンチョオンニ、同じく韓神大学の大学院のチョンウォンオンニ、
ミョンスクの女子三名は、世宗（セジョン）文化会館前でのデモを計画して
市内の大学にビラをまくが、厳しい警備によって未遂に終わった。
そして……。

オンニ▓妹が姉を指す呼称で、年上の親しい女性に対しても使われる。「ヨンチョお姉さん」という意味。

卑怯になる

一九七八年、冬。大学は冬休みに入ったが、夜学があるので済州に帰るのが少し遅くなった。帰ってみると、家は大騒ぎになっていた。教育学科の指導教授が私の家を訪問するという事件があったのだ。大学が休みになっても帰省が遅く、そのうえ早々とソウルに戻ってしまうのは学報社の仕事のためだと思っていた両親は、大学が特別管理する問題学生として私が目をつけられていることを、その時はじめて知った。そして、学報社を辞めて、夜学の教師になったことも。

当時、ほとんどの地方都市や田舎の村がそうだったように、済州島の人たちは政治にはかなり保守的だった。辺境の地ゆえに、中央で起きていることがずいぶん遅れて、歪曲（わいきょく）され、統制されて伝えられるせいかもしれない。だが、もっと根深い、本質的な背景は、数多くの罪のない民間人がアカだとされて軍隊や警察、討伐隊によって虐殺された済州四・三事件*のトラウマにある。

両親の政治意識も、そこから大きく外れてはいなかった。いや、正確に言うと、平均以上の右派保守層だった。半島北部出身の父は北朝鮮の人民軍に強制徴用され、朝鮮戦争に参戦して捕虜となったが、金日成統治下の北朝鮮に戻るのがいやで韓国を選んだ、いわゆる反共青年団に属していた。しかも母は、同じ一族である玄家出身の玄梧鳳*国会議員の選挙運動に熱心な、市場における民主共和党の組織の責任者だった。

そんな両親にとって、ソウルから教授がわざわざ訪ねてくるほど娘が問題学生とされているという事実は想像すらつかないことだった。母は涙に暮れ、父はため息ばかりつく日々が続いた。

だが、育ててくれた両親のことより、拷問の末に収監され、冬の寒さに耐えているジュウンやヘジャオンニの監獄生活のほうが私にとっては胸の痛むことで、彼らの姿が心から離れなかった。冬休みの間、家の中には寒冷前線がとどまり、

済州四・三事件▒一九四八年から済州島で起こった島民虐殺事件。米軍政下にあった南朝鮮（現在の韓国）が単独での制憲国会議員選挙の実施を決めたのに対して、南北統一による自主独立国家の樹立を求める左派島民が同年四月三日に蜂起。警察や軍隊が鎮圧にあたり、その巻き添えで五四年までに数万人が殺されたとされる。

玄梧鳳▒一九二三〜八二年。第四、六〜一〇代国会議員。第六代総選挙時から民主共和党に所属。

ぴんとはりつめた対峙の状況が続いた。

冬休みが終わりに近づき、ソウルに戻る日が迫ってきた。下着を買いにひさしぶりに市場に寄ったついでに、母の店のほうへ歩いた。遠目に母の姿がちらりと見えた。寒さしのぎに毛糸の帽子をかぶった母は、たらいに入れた豆もやしを洗っているところだった。長時間、冷たい水に触れた両手が赤く腫れあがっている。鉄のかたまりで頭を一発殴られたような気分だった。夜学の教師をしながら、あれほど気の毒に思っていた労働者たちの生活となにひとつ変わらない母の苦難に満ちた生活を、私は長いこと無視し、知らないふりをしていた。どんなに苦労しても、大学生の娘だけは自分と違っていい職業につけるはずだという希望ひとつでもちこたえている母。そんな母にさらなる苦痛を強いるほどの決然たる勇気も、信念も、私にはなかった。

そのうえ、私のすぐ下の弟トンチョルは高一の時から悪い仲間と付き合って退学処分を受けそうになり、かろうじて農業高校に転校したものの中退。暴力団の道に足を踏み入れ、西帰浦では知る人ぞ知るタンボル派のボスになっていた。その冬は暴力事件で済州刑務所に収監もされている。自慢の娘までもがデモで警察に立件され、拘束されたら、母は周囲や親戚から、失敗した人生とばかにされ、同情されることになるのは目に見えている。田舎では噂はいつも瞬時に広まる。それが悪い噂であるほど野火のように広がる。

私は唇を噛みしめ、決心した。卑怯になる。

ソウルに戻る日。父は荷物を自転車に積んでバス停まで送ってくれた。説教のひとつもせず、黙々とバスのトランクに荷物を積み込んでくれた。その沈黙は、小言を言われるよりきつく重かった。背を向けた父の肩が小さく見えた。私は歯を食いしばって、卑怯になるんだと、もう一度誓った。

別れと再出発

ソウルに戻ってすぐ、共同生活をしていたヨンチョオンニにすべてを打ち明けた。母の腫れあがった手や生涯、荷運びの重い自転車を引いてきた父の曲がった腰、卑怯になると決めた私の気持ち。オンニとの共同生活に終止符を打ち、同期の新聞放送学科のチョン・ホンジャと一緒に下宿することにしたことも伝えた。オンニはよくわかったというように、黙ってうなずいた。

授業開始まで数日となった二月末。ついにオンニの下宿を離れることになった。

「ミョンスク、これもいるんじゃない？」

「これもすごく気に入ってたやつでしょ」

引っ越していく瞬間まで、オンニはあとひとつでもなにか持たせてやりたいと気をもんでいるようだった。私は努めてオンニの視線を避けた。ともに過ごした多くの時間。楽しく豊かで、時には心臓が破裂しそうなほど緊張した時間。そこで出会った多くの人々……。私の青春はこうして幕を下ろすのかもしれないと思った。


卑怯に生きると決心した私は、済州島にある母校、晨星（シンソン）女子高に教育実習を申し込んでいた。四月のソウルは、四・一九*の記念行事やイベントが集中する危険なシーズン。どんなことでとばっちりを受けるかわからないので、ソウルからできるだけ離れておこうという判断もあった。私の危なっかしい思春期を乗り越えさせてくれた母校への感謝の気持ちもあった。私を抑圧する、この重苦しい時代や歴史の重圧を脱ぎ捨て、落ち葉が舞うだけで笑い転げていたあの頃、あの校庭へと戻りたかったのかもしれない。

一九七九年四月一四日、済州市内の母校へと向かった。古いクスノキが緑の葉を広げる校庭はのどかなままで、おかっぱ頭を揺らしておしゃべりする制服姿の少女たちはすがすがしかった。私にもあんな頃があった……。すっかり気力の衰えた白髪の老女にでもなった気分だった。彼女たちはソウルでなにが起きているか知っているのだろうか。知らないほうが幸せかもしれない。運動場を横切って教務室に入ると、先生たちは再会を喜んでくれた。

「ミョンスクが教育実習生になって戻ってくるなんて。時のたつのは早いねえ」

私をかわいがってくれた修道女のキム・ドンイン先生が言った。

土曜日で、午前授業の日だった。神父の校長先生が私を朝礼台に上がらせた。

四・一九▒第四代大統領選挙の不正に反発した学生や市民によるデモにより、第四代韓国大統領の座にあった李承晩が下野した事件。もっとも大規模なデモが発生した日が四月一九日であったことから、四・一九革命、四月革命と呼ばれる。

数百のきらきらと輝く瞳がまぶしかった。校長先生は生徒たちを励ますように言った。

「勉強ができて、文章も上手な、わが校自慢のみんなの先輩が教育実習の先生としていらっしゃった。しっかり教えてもらいなさい」

私は後輩たちに頭を下げげて挨拶した。

「月曜日からみなさんと一緒に楽しく過ごせるようがんばります」

それが守られない約束になるなんて、だれが思っただろう。

突如の連行

翌日の日曜日。

実家の二匹の子犬は、ぽかぽかした西帰浦の春の日差しを浴びて気持ちよさそうに庭に寝そべっていた。私の家族は、ひさしぶりにみんなで昼ごはんを食べていた。まさにその時だった。門の外から声が聞こえた。

「ミョンスクの母さんは、いらっしゃるかな」

縁側から顔だけ出して見てみると、冬休みに問題学生の動向を把握するために何度か家に来ていた刑事だった。隣にもうひとり男が立っている。どきりとした。休暇期間でもないのになんで来たんだろう。それに私が帰ってきていることもなぜ知ってるんだろう。ソウルでなにかあったのかな。

上機嫌だった母は彼らを歓迎した。

「あら、刑事さん。入ってください」

待っていましたとばかりにふたりは、すっと門の中に入ってきた。

「どうしました？　ミョンスクが帰ってきてるのを知ってていらしたんですか」

「たいしたことじゃないんですがね……」

「お昼ごはんまだなら、上がって一緒に食べてくださいよ」

「いえ、食べてきたところですから」

「じゃあ、お茶でも飲んでってくださいな」

ふたりは困ったような顔をしていたが、顔見知りの刑事が仕方ないというふうに口を開いた。

「あのー、ミョンスクはちょっとソウルまで行くことになりましたから」

「え、でも明日から教育実習なのに、どうしてソウルに?」

母の顔が青ざめた。母は状況を把握するのがとても速い人なので、刑事の提案が尋常でないことを瞬時に見抜いたのだ。

刑事たちは母を安心させた。ミョンスクとミョンスクもよく知っている先輩がソウルで大きな事件に巻き込まれていて、ミョンスクが直接関係しているわけではないけれど、参考人として聞きたいことがあるので連れていかなければならないのだと。今日の午後の飛行機で行って、夜に参考人取調べを受けて、明日の第一便に乗れば教育実習にはまったく支障はないだろうと。母は半信半疑だったが、黙ってうなずいた。刑事たちは私に荷物をまとめるように言った。

母は刑事たちと裏庭に行き、しばらくひそひそと話をしてから戻ってきた。刑事たちは、時間がないから船で行くわけにはいかないし、出張費はスズメの涙ほどしかない、どうしたものかと、母に飛行機代の協力を求めてきたのだ。

西帰浦最大の食料品店の女主人に現金を調達する力があることは、そのあたりの人ならだれもが知っていることだ。娘が予定どおり教育実習に行くには、ここは飛行機しかないと考えた母は、三人の往復チケット代を娘に内緒で刑事たちに渡してやったのだ。

秘密の取調べ

彼らの車に乗って、島を縦断する五・一六道路*を北上した。車は道警察庁舎前で止まった。刑事ふたりは庁舎内の部屋に私を連れて行き、書類に母印を押させた。なんの書類か覚えていないほど、はじめて足を踏み入れた警察庁は怖かった。

庁舎を後にすると車は空港方面へ向かった。

飛行機に搭乗する前に、私は一〇三号室に連れて行かれた。そこは空港の保安状況をチェックし、問題のある乗客やＶＩＰ乗客を管理する情報機関の分室

五・一六道路▩済州島北部の済州市と南部の西帰浦市を結ぶ縦断道路。正式名称は一一三一号国道だが、一九六一年五月一六日の軍事クーデターで権力を掌握した朴正熙が建設を指揮したことから、そう呼ばれる。

だった。職員と刑事たちが話をしている間、私は周囲を見まわし、壁の黒板を見た瞬間、目を疑った。

〝国会議員ヒョン・オボン、高麗大生ソ・ミョンスク〟

黒板にはチョークで、そう書かれている。

平凡な大学生である私の名前が、済州選挙区の国会議員の名前と並んでいる。単なる参考人ではないのかもしれないという不吉な予感に襲われた。

一〇三号室を出ると彼らの態度は一変した。よく知ってる近所のおじさんから、被疑者を護送する公権力執行者へ。彼らは周囲に気づかれないよう、私を間にはさんで両側からぴったりとマークした。不安で二、三回トイレに行ったが、常に私の動きを追う彼らの視線を感じた。

金浦(キンポ)空港に到着すると、済州の刑事ふたりはソウルの刑事ふたりに私を引き渡した。そして、時限爆弾を渡し終えたかのようなせいせいとした感じと、近所の女子大生を置き去りにする申し訳なさが入り混じる顔で立ち去った。

空港のゲートを出るなり、待っていたかのように黒塗りの乗用車が滑りこんできた。ソウルの刑事のひとりが後部座席のドアを開けて乗り込むと、もうひとりの刑事が私を荷物のように押し込めて横にぴたりとついて座る。ふたりは両脇から私の腕をつかんで、後ろ手の姿勢にさせた。

「頭つけろ、このクソアマ!」

どちらかが私の頭を車の床に押しつけた。頭にどっと血がのぼる。それと同時に、私はもはや参考人なんかじゃないんだ、という確信がのしかかってきた。

車はひたすら走った。ようやく止まると私は目隠しをされ、両サイドから両腕をがっちりとつかまれて階段を上った。三階あたりでふたりの刑事が立ち止まると、カチャッとドアが開く音がした。彼らは私をその中に押し込み、私は床に転げた。誰かが引き起こし、目隠しを外した。男ふたりと女ひとりが私をにらんでいた。

「こいつがソ・ミョンスク? ちっこい女のくせに度胸はあるんだな」

ひとりの男が低く冷たい声で言った。

中年の女は、まるで私に腹いせでもするように乱暴にリュックを引きはがし、床にがばっとひっくり返した。本数冊、着替え用の下着二、三枚、Tシャツ二枚、化粧品の試供品、そしてタバコの箱とライター。

「売女みてえなアマどもが！　どいつもこいつもタバコなんか吸いやがって！」

もうひとりの男がいきなり頬を張り飛ばした。

そこにいるのが男たちだけだったら、かの悪名高き南山（ナムサン）*の中央情報部か、治安本部のどこかの分室だと思っただろうが、私服姿の女がいたので判断がつかない。「ここはいったいどういうところなのか。そして私はいったいどういうわけで、どんな嫌疑で連れてこられたのか」。彼らの態度から、けっしてちょっとした参考人取調べなどではないこと、明日の朝、故郷に戻る飛行機には乗れそうもないことだけは明らかだった。

「人生の履歴書」を書く

彼らは、私の混乱した様子や恐怖心をことさらに楽しんでいるようだった。自分たちがどこの所属の誰なのか、なんの説明もしない。私の情報は完全に把握しているようだったが、自分たちについてはなにも教えてくれなかった。

私の所持品からタバコとライターを押収した中年の女が私をどこかに引っ張っていく。洗面台と洋式便器に浴槽まである、かなり広い浴室だった。彼女は服を脱げと命令した。下着姿で彼女の前にへっぴり腰で立った。彼女はブラジャーをはぎとり、私を後ろに向かせてショーツのゴム紐をすっと引き抜いた。そして、にこにこしながら言った。

「ブラジャーの紐とかパンツのゴムで自殺するのを防ぐという意味だから、そう理解しておくように」

それから、部屋の中の小さな折りたたみ机の前に私を正座させた。A4くらいの紙の束とボールペンが机の上にぽんと置いてある。

「さあ、書け！」

なにを、ですか、という表情で恐る恐る見上げると、また拳が一発飛んできた。

「このアマ、知らねえのか？　生まれてから今までのこと、お前の履歴を一つも漏らさず全部書けって言ってんだよ。もし一つでも抜かしたり嘘を書いたり

南山▩朴正熙が一九六一年に創設した諜報機関の韓国中央情報部（KCIA）は、本部がソウル中心部の南山のふもとにあったことから通称、南山と呼ばれた。

したのがばれたら、誰にも知られずあの世行きだと思え。あ、新聞記者をしてたっていう女にはインテリっぽく話さないとな。自叙伝をお書きになると思えってことだよ」

その瞬間から、わずかな食事の時間を除いてずっと、書いては突っ込まれ、また書いては突っ込まれるという時間が続いた。私は一睡もできないまま、生まれてから今までのことを事細かに書いていく。大学生活中に起こった些細なこと、高大新聞社や夜学生活についてはくどいほど詳しく書いたが、ビラを作ってまいたことや、ヘジャオンニとヨンチョオンニ、オム・ジュウンに関係のあることは徹底的に隠した。彼らがどこからどこまで知っているのかわからなかったので、すべてを隠すよりほかなかったのだ。

窓が完全にふさがれた密室だった。ドアを開けて部屋を出入りできるのは彼ら監視者だけで、部屋には時計もない。天井の真ん中にある電灯は常に灯されていて、朝なのか夜なのかもわからない。ただ、監視者の組が変わるのを手がかりに一日目、二日目、三日目と見当をつけるだけだった。

三日目になる日のことだった。ひとりの男が腹黒そうな笑みを浮かべながら、私に最終宣告でもするかのように言った。

「終わったよ、ソ・ミョンスク！　かしこい頭でいくら悪知恵を働かせても終わりだってんだ！　ほら、なんで証拠品はこんなにいろいろ残しておいて、履歴書には書いていらっしゃらないのかな？」

　彼が差し出した写真には、水踰里にあるヨンチョオンニの部屋の屋根裏に大切に保管しておいたガリ版印刷機や、私たちが鉄筆でガリガリと書いた世宗文化会館デモを呼びかけるビラの原紙が写っていた。ああ、終わったな、なにもかも。私の教育実習も大学生活も……。

　すべてをあきらめて拘束を覚悟すると、心が軽くなった。実は、ヘジャオンニが拘束された直後、私は友人のホンジャにとんでもない提案をしていた。

「あんたは西館から、私は東館の屋上から、ロープで下りてきながらビラをまくっていうのはどうかな。女子学生が高いビルにぶら下がって訴えかけたら、いくらなんでも新聞に載せてくれるんじゃない？」

　ものすごいデモだったのに、ヘジャオンニが主導した九・一四デモは国内のどのメディアにも取り上げられなかった。その悔しさのあまり、ホンジャにそんな提案までしたのだった。もちろんその案は、新聞に報道されるどころか自分たちが事故死するだけかもしれないとホンジャが引きとめたことで、なかったことになってしまった。

これも運命か。一時は、この国の民主化と独裁の清算のためなら命を捧げる覚悟をした。拘束くらいなんだ。たかが、ビラの制作と配布の嫌疑。服役するとしても、そう長くはないはずだ。教育実習生として早く母校に戻りたいという希望を捨てたら、さらに心が軽くなった。すでに拘束されているヘジャオンニとジュウンへの負い目も、和らぐ気がした。

草案をつくってガリ版で印刷し、大学街をまわってビラをまいたことを私は素直に認めた。しかし、彼らが想定していた脚本は、そんなちっぽけなものではなかった。

山川草木

驚いたことに、私を取調べている刑事たちは、高麗大学を管轄する城北警察署ではなく、北部警察署の所属だった。韓神大を管轄する北部署はかなり前からヨンチョオンニに関する情報を入手していて、長期間の監視と尾行によって、彼女が四・一九を期して全国規模のデモを企てていることを把握し、関係者を一網打尽にしたということだった。この事件の最初の手がかりとなったのが、私が九・一四デモの際にヘジャオンニに手渡したメモだった。そのメモを私に託したのはチョン・ヨンチョだということに気づいた城北署は、韓神大を管轄する北部署に情報提供した。北部署はその直後からチョン・ヨンチョを尾行し、でかいヤマを引き当てることになったのだ。

北部署が認知した事件は、〈全国二四大学連合デモ事前謀議〉だった。報告書には、こうある。

「チョン・ヨンチョは一九七八年、高麗大学の九・一四デモの直後から、全国規模の連合デモを主導した。国家と政権に甚大な打撃をあたえる目的で、全国の運動圏の中心メンバーや外部の労働・宗教勢力と継続的に接触してきた。そのさなか、翌年の七九年四月一九日を期して、二四カ所の大学で同日同時、いっせいに大規模デモをおこなうことを謀議し、組織の動員や現場の準備をしていたところ、連合デモ前日の四月一八日の明け方までに、北部署が一味を一網打尽にした」

　その日の明け方、ソウル各地で連行された容疑者は約二〇名にのぼった。ただ、光州（クアンジュ）市の全南（チョンナム）大学出身のチョ・ボンフンは、気配を察知して逃亡したため指名手配された。私の場合は、刑事が一五日の明け方にいち早く下宿に踏み込んだが、私が教育実習のため済州に行ったことを知り、逮捕作戦を立ててソウルまで護送することに成功したということだった。

　捜査は徹底して水面下でおこなわれ、この事件の暗号名は〈山川草木〉だったと、刑事は私に自慢げに明かした。彼らが作成した事件の概略図における私の役割も、まさに荒唐無稽だった。首謀者はヨンチョンオンニ。総責任者は全南大学の学生チョ・ボンフン。私は組織責任者。そんなこじつけをするくらいだから、この事件全体も事実とは異なるシナリオに沿うよう、ねじ曲げられている可能性があるように思えた。

取引と拷問

はじめて見る人物が現れた。フェンシング選手のようにほっそりした体格、切れ長の鋭い目、薄い唇、高く張った頬骨、面長でシャープなあご。体には一グラムのぜい肉もなく、言葉にも無駄がなかった。すべてが効率的なターミネーターのようだった。同僚の刑事が私を殴りつけようとすると物静かに制した。

「レディーにそんなことをしていいのか。それに、こういう確信犯は殴られたからって吐くわけじゃないだろ」

そしてジュウンの話を切り出した。

「恋仲なのはよく知っている。収監中の彼に会いたくないか、会わせてやるから、そろそろチョ・ボンフンの居場所を話したらどうだい」

なぜ彼がオム・ジュウンという名前を出したのか、察しがついた。愛の名のもと、私に汚い取引を提案したのだ。チョ・ボンフンという学生とはヨンチョオンニの下宿で一度挨拶したことがあるだけだ。彼について知っていることはなにもなかったが、なにか知っていたとしてもこんな汚い取引に応じることはできない。私は首を大きく横に振って深くうつむいた。ジュウンとの出会いを、ふたりの愛を、取引の対象とする彼を見るだけで気分が悪かった。

私は震える声で答えた。

「オム・ジュウンとは会わなくていいです」

私が貝のように固く口を閉ざしていると、彼は本性を現しはじめた。

「クソアマが！　共産党の女どもは愛より組織が優先だろうな。恋人に会おうとしないってだけで、お前が共産党だってことは明らかだ！」

ついに彼は、電気拷問という言葉を口にした。

「おい、ソ・ミョンスク！　大学新聞の記者をしてたっていうからご存知だろうが、アメリカのＣＩＡって知ってるよな。俺はこう見えても、そこで六カ月、スパイ識別教育を受けた人間だ。エリート中のエリートさ。お前がいくら知能犯で、知恵を絞って嘘ついたところで無駄だ。優しく話してやってるうちに、素直に吐くことだな。協力しないってなら、俺にも方法があるさ。ＣＩＡで学んだ電気拷問を使うしかないいな」

電気拷問！　爪と指の間に針を刺す、鼻の穴に水を注ぐ、寝かせない、太ももに角材をはさんで踏みつけるなど、さまざまな拷問について聞かされてきた。だが、電気拷問は初耳だった。彼はご丁寧に補足説明をしてくれた。

「簡単さ。体に電気を流すと、頭のてっぺんからつま先までびりびりびりびり、全身の毛が逆立つんだ。その拷問を一、二分受けただけでも男は子どもがつくれなくなるし、女は子どもが産めない体になる。お前、まだ二〇代なら、結婚もして子どもも産まないといけないだろうに。俺も人間だし、娘をもつ親だ。そんなのは本当に使いたくはないんだが、どうするかな。お国のためだしな」

私は幼い頃から怖がりで、身体的な苦痛には敏感な子どもだった。体がぶるぶる震えてきた。彼はもったいぶってから、こう続けた。

「ちょっと前にCIAから最新の拷問の機械を取り寄せたんだ。ここの地下に拷問室がある。この前、ソウル大から、強者(つわもの)中の強者って男が引っ張ってこられたんだが、その機械にかけられて一分ほどだったかな。手足をバタバタさせて泡を吹いたかと思うと、バッタリ伸びやがった。しばらくして目を覚ましたら、どうか助けてください、なんでも話しますって、俺の足にしがみついて這いずりまわってたさ。唐辛子入りの水を口や鼻に注いでも、逆さに吊り下げてぶん殴っても、びくともしない奴がな。やっぱり最先端の科学ってのはすごい。殴るのに無駄な力を使わずにすむし、証拠も残らない。だから俺はアメリカが好きなんだ」

その話を聞くこと自体、拷問だった。想像するだけで額に汗がにじみ、手足が震えた。毒へビのような冷たい表情で私の顔をまじまじと見ていた彼が、下品な笑みを浮かべながら最後の一言を放った。

「もっとも女のほうが男より強者ってこともあるわな。チョン・ヨンチョは南山に行っても辛抱強く耐えてるそうだから、さすが超大物だ。お前もヨンチョの後輩だから、一分はもつだろう。いや、過小評価しすぎか。二、三分はいけるだろ」

話し終えても私がなにも答えないでいると、彼は突然立ち上がった。そばで控えていた刑事たちに、目隠しをしろ、と怒鳴った。彼らは、ここにはじめてやってきた時のように私の両目を覆って、両側から私の腕に腕をまわした。

密室に入って以来、はじめて部屋の外に出る瞬間だった。来る時に上った階段を一段ずつ下りた。体の向きを変え、また変えた。地下の拷問室に近づいていると思うと足が震え、歯を食いしばってこらえていたのに、あっと思ったときにはおしっこを漏らしていた。ズボンが湿った。みじめで、舌を噛み切って死んでしまいたかった。やがて刑事たちはぴたりと立ち止まった。鳥肌の立つ、彼の声がまた聞こえてきた。

「さあ、地下室だ。この扉さえ開けば電気拷問室だ。ショックで死ぬ奴もいるから先に聞いておくが、死ぬ前に最後の望みはないか?」

ないと、かぶりを振った。恐怖に圧倒されて、頭が空っぽだった。なにかが口の中にすっと入ってきた。火のついたタバコだった。

「刑場でも最後にタバコを一本吸うって言うじゃないか。俺たち刑事にもそれくらいのヒューマニズムはあるんだよ」

吸いたかったわけではないが、断ったらまた殴られそうな気がした。涙をぼろぼろ流しながらタバコを吸った。フィルターが濡れたせいで、火はすぐに消えた。肉体的にも精神的にも死んだも同然だった。

「きつい女だな。あんなやつらは共産党に決まってるって」

声がぼんやりと聞こえた。

自殺未遂

目を開けると部屋の中だった。気絶したらしい。意識を取り戻した私の目を見ながら、彼が吐き出すような口調で脅した。

「拷問室の前でお前が倒れたから、またここまで運んできたんだ。俺らは意識のない被疑者を電気拷問台に上げたりはしないのさ。すごく高い機械だからな。効果を最大限にするには意識のある状態じゃないと。苦痛をしっかり味わわなきゃな、そうだろ?」

この残酷な人間に一日じゅう苦しめられ、私は死を決心した。この地獄の苦しみがいつ終わるかわからないという絶望と、どんな死後の世界もこれよりはましだろうという期待から。だが、警察の三人が二四時間張りついている環境で、自殺は不可能だった。ときどき、退屈で死にそうな刑事が居眠りしたり、婦警がうとうとすることがあるにはあった。そんな時はこっそり壁を見上げてみたが、窓があった場所にはその痕跡があるだけ。完全に密閉されて、投身そのものが不可能だった。

唯一、自殺できそうな所は風呂場だった。婦警はトイレの中にまで入ってきた。他人の前で用を足すのは、女子大生にとってそれだけで拷問だった。だが、それも続くと、いつものことと思えてきたし、そのうち彼女たちもトイレまでは追いかけてこなくなった。

「一度でいいから、久しぶりにゆっくりと湯船につかりたい」

ある日、私はそう訴えた。

「そりゃ息も詰まるだろうね。だから、お母さんの言うことを聞いて、学校の勉強でも一生懸命やってりゃよかったんだよ」

婦警は迷っていたが、舌打ちしながら許可してくれた。

湯が三分の二ほど入った浴槽に体を沈めた。そして、ここに来た時のことを思い返した。履歴書に嘘を書いたと、刑事が洗面台になみなみと張った水に私の顔をぶち込んだのだ。死ぬほど苦しく、腕を振りまわしてもがくと、刑事はくっくっと笑いながら私の頭を引き上げた。

今日は、自分で自分をぶち込む番ね、と思った。体を浴槽に深く沈めた。鼻が完全に水面下に来るようにした。ぶくぶくと気泡が上がるのが見えた。息をしちゃいけない、そしたら死ねる！　息をこらえにこらえた。すぐ楽になるから、すべての苦痛から解放されるから、ミョンスク。

どれくらい時間がたったのだろう。短いようでもあり、長いようでもあった。だれかがドアを開けて入ってきた。

「あっ、この女、なにしてんの！」

甲高い叫び声が聞こえた。刑事と婦警は目をカッと見開いて、私を浴槽から引っ張りあげた。その日、被疑者の監視をおろそかにした罪で、あやうくクビになるところだったふたりに、私は夜どおし責められた。監視下では死ぬのも難しかった。

監禁一カ月

刑事の話を盗み聞きしたところ、ヨンチョオンニを南山まで引っ張っていき徹底的に絞ってもなにも出てこず、チョ・ボンフンはいまだ行方がつかめないようだった。連行された二〇人あまりの被疑者は、拘禁と尋問が長引いても、オンニとは個人的に親しいだけだということと、拘束学生のための募金活動に金銭面と精神面で協力したこと以外、なにも認めていないようだった。

半月ほどたった頃、彼らのほとんどが釈放されたと、ある刑事がこっそり教えてくれた。一部はそこであったことを秘密にして学業に専念するという誓約書を書いて釈放され、一部は警察署に身柄を移され訓戒処分になった。


地獄のような場所でも、時とともに変化も起きる。はじめはただただ怖かった刑事たちが、徐々に人間の顔で接してくるようになった。私たちは少しずつ親しくなっていった。特に、一日三度の食事の時間は待ち遠しいひとときだった。刑事と婦警と私は小さなちゃぶ台を囲んで座り、出前の料理を分け合って食べた。

その一方で、身体的な拷問は再開されなかったが、精神的な拷問は続いた。それは、刑事たちと親しくなるにつれ、ひどくなっていくようだった。口を開けば、チョン・ヨンチョがどれほどの悪女で、田舎者の私をいかに悪の道に引きずり込んだかを並べ立てる。聞くに堪えず、首を振ると、

「お前のそんな態度こそ、洗脳された証拠だ」

そう私の純真さをあざ笑った。なかでも悪質な情報操作は男女問題だった。彼らは、ヨンチョオンニがアカの革命のために男たちを意図的に誘惑し、体の関係をもつことさえいとわなかったと、私の耳元でささやいた。

関係をもったとされる人物には、私もよく知る先輩や後輩が含まれていた。母親のお腹の中にいた時から教会に通っていたオンニは、肉体的接触に関しては人並みはずれた潔癖症。それは強迫観念に近いほどだった。

しかし話を聞くうちに、懐疑の念が頭をもたげはじめた。オンニと男の先輩や後輩たちが会っていた場面をひとつひとつ思い返しながら、疑念を少しずつ膨らませていく。閉ざされた、だれとも会えない空間でガセネタを繰り返し聞かされていると、判断力が鈍った。

秘密を教えてやると、ある刑事がささやいた。

「チョン・ヨンチョは、お前の恋人のオム・ジュウンとも寝たそうだ。デモをするよう、そそのかすために。驚いただろ？　そんな女さ。後輩の恋人まで食うような！」

その瞬間、オンニに関する男女問題がすべて、計算されたガセネタだと確信した。私が動揺しているのをいいことに、とどめを刺そうとした彼らの意図とは逆の結果を招いたのだ。ジュウンが学内デモを決心するまでの過程を、私はよく知っていた。でっち上げたガセネタはあまりにも幼稚で、彼ららしい発想が生んだストーリーだった。

五月中旬に差しかかっていた。急に刑事たちが慌ただしく出入りしたかと思うと、なにやら残念そうな表情を浮かべた。出前ももう最後だから、おいしいものを存分、注文するようにと言われた。

「食べたいものを全部注文していいんですか」と聞いたら、そうしろと言う。干しダラ料理にキムチチゲと、ふたり分注文した。明日はここを出て警察署の留置場で一晩過ごし、勾留請求が出たら城東（ソンドン）拘置所に収監されるだろうという。いわば最後の晩餐だった。

私は彼らに尋ねた。

「もう最後だから教えてください。ここはどこなんですか」

彼らのひとりが慎重に答えた。

「ここは南山でも対共分室*でも安全家屋*でもない。北部署近くの住宅街にある三階建てのモーテルをまるごと借りてるのさ。わかんなかっただろ?」

あらゆる妄想に苦しめられた、このおぞましい場所が、ソウルのはずれにあるただのモーテルだったとは。私がおしっこまで漏らした、あの地下拷問室もあるわけがなかったのだ。全身の力が一気に抜けた。

私が地獄の時間を過ごしている間、両親や家族は別の地獄にいた。目の前で娘が刑事たちに連れて行かれるのを見た両親は、なおのことだった。任務を終えて戻ってきた西帰浦の刑事たちは、家にぴたりと来なくなった。

母は私の母校の晨星女子高を訪ねてみたが、「来るはずの月曜日に姿を見せないので、気になっていた」と言われただけだった。新聞、テレビ、ラジオで、よからぬ事故のニュースでも報じられるかもしれないと注意していたが、なにもつかめない。大学の学科事務室、高大新聞社、下宿など、手当たり次第に電話をかけてみたもののなんの収穫もない。

娘が消えてひと月。母は、生まれてはじめて店を夫に任せて上京した。死んでいないことだけを願って、生きてさえいるならどうにかして捜し出し、西帰浦の家に連れて帰るという覚悟だったが、なにひとつ手がかりはなかった。

収監

北部署はひと月、私たちを不法に拘禁していた。事前にぶちあげていた組織図や事件概要は崩れ去り、ヨンチョオンニの連合デモ構想に同調した唯一の人物であったボンフンの行方もわからない。連行された学生たちは「ここに連れてこられたことも、ここであったことも口外しない」と言い含められて釈放されたが、この世にばれない秘密などない。

複数の女子学生が失踪、または連行されたという噂が広がった。もちろん、口封じされている政府系の新聞や放送局は、沈黙を守っていた。しかし、唯一、

対共分室▒民主化運動や反政府勢力の取り締まりのために使われていた警察庁治安本部の施設。水拷問や電気拷問など凄惨な拷問がおこなわれ、死者も出た。
安全家屋▒中央情報部が管理運営する秘密施設。

政府の顔色をうかがうことなく人権問題を提起してきた韓国基督教教会協議会が、声明を出した。

「チョン・ヨンチョ、パク・チョンウォン、ソ・ミョンスクら、消えた女子学生たちの所在を明らかにせよ」

女子大生失踪事件が公式に取り上げられたことによって、北部署もこれ以上、私たちを拘禁しておくわけにはいかなくなった。

チョン・ヨンチョは連合デモの準備と陰謀、不法ビラの制作と配布の嫌疑、パク・チョンウォンとソ・ミョンスクはビラ制作と配布の嫌疑で検察に拘束を請求。逃亡した共犯のチョ・ボンフンは懸賞手配。

大山が鳴り動いたのでなにごとかと思ったが、出てきたのはネズミ一匹。山川草木事件がまさに、それだった。

済州島から護送され、密室に投げ込まれてから三一日。一九七九年五月一六日の朝、私はまた目隠しをされた。階段を一歩ずつ下り、車に乗った。どこかで車が止まると、刑事はようやく目隠しを外してくれた。北部警察署だった。

ああ、外の世界だ。いつもは近寄るのさえいやだった警察署だが、外の世界だというだけで本当にうれしかった。調書に押印する作業はモーテルですべて終わっていたので、ここは拘束令状が出るまでの留置場に過ぎなかった。ヨンチョオンニとチョンウォンオンニは別の部屋にいるようだった。

夜がふけていった。ひとり、ふたりと眠りにつこうとしていた。拘束令状が夜の間に出れば翌日に城東拘置所へ正式に収容されるとのことで、さまざまな思いが湧きおこった。外の世界に出てわずか一日で、もっと不自由な場所に収監される。済州にいる両親は私の消息を知り、どれほど心を痛めるだろう。遠からず大学も除籍されるのは、火を見るより明らかだ。夢を胸に上京してから四年。大学卒業どころか、拘置所に行く羽目になったのだ。天井からぶら下がる裸電球のぼんやりとした明かりがまぶしくて、眠れそうになかった。

廊下で、当直の警官が怒鳴った。

「おい、このアマ。ヘッドライト消せよ。夜中にぎらぎらと猫じゃあるまいし」

ライト？　猫？　なんのことかわからなかった。

「女子大生だかなんだか言うアマ！　お前の目ん玉に睡眠ってのはねえのか。

寝ろよ！　眠れないんなら目でもつぶっとくとかよ。ちっきしょう、怖いじゃねえか」

隣の女が寝返りをうちながら文句を言った。

「あいつら口さえ開けば罵（のの）しりやがる、くそったれが！」

罵詈雑言（ばりぞうごん）が飛び交うなか、北部警察署での一夜が過ぎていった。

明け方、「チョン・ヨンチョ」と名を呼ぶ声に目が覚めた。続いて「パク・チョンウォン」、「ソ・ミョンスク」と呼ばれた。部屋を出た私たちは留置場の廊下で再会した。二月末、引っ越しの荷物を運んだ日、私の姿が見えなくなるまで見送ってくれたヨンチョオンニを見たのが最後だった。オンニは無理して笑いながら言った。

「苦労したでしょ。ごめん、私のせいで……」

チョンウォンオンニはにこにこと笑っていた。

「ひさしぶりね、ミョンスク！」

病院長の娘が、こんな状況には耐えられないと思っていたのに、意外だった。

「ぺらぺら無駄口を叩くな」

警官が割り込んできて、会話は途切れた。

護送車に乗っても目隠しはされなかった。北部署から城東拘置所までは遠く、護送車の窓に顔をつけて風景を眺めた。街路樹に新緑の若葉が芽吹く五月の街の風景はいとおしく、道行く人の顔はみんな幸せそうだ。私はいつになったらあの街、あの風景に戻れるだろう。戻ることになっても、以前のように過ごせるだろうか。窓一枚はさんだ世界は果てしなく遠かった。

囚人四一四一

護送車は、巨大なコンクリート塀で囲まれた鉄門の前で止まった。鉄門は重々しく、中での生活を暗示するようだった。私たちはこの中で完全に自由を奪われ、自分の意思では絶対に外に出られないだろう。

城東拘置所の女舎にはじめて政治犯が収監されるということで「所長が直々にお出でになった」と、職員が言った。本来、政治犯は全員、独房に収容しなければばならないが、部屋がないので、主犯のチョン・ヨンチョだけ独房に収容し、パク・チョンウォンとソ・ミョンスクは一般の囚人たちと相部屋にするということだった。

説明が終わると、私たち三人は、所持品はもちろんのこと、着ていた私服も全部脱いで、かごに入れるよう指示された。そのかごにそれぞれ名前を貼って保管し、出所する日に返してやるという。なにもさえぎるもののない空間で服を脱げと言われて戸惑ったが、抗議や質問ができそうな雰囲気ではない。のろのろと服を脱ぐと、職員が新しい服を投げてよこした。映画で見た囚人服だった。もとは青色だったが、何度も繰り返し洗濯されて灰色に色あせていた。囚人服に着替えるとひとりずつ前に出て、囚人番号と名前、収監日が書かれたボードを胸のあたりに掲げてポーズをとった。法務部に登録する写真なので、笑っても、しかめっ面をしてもだめだと釘を刺された。その後、一〇本の指の指紋を採取した。

手続きが終わると、囚人服を着たソジ*がなにかをお盆にのせて入ってきた。

「さ、配食はもう終わったから、ここでさっと食べて部屋に入るように!」

ちらっと皿を見るとオムライスのようだった。拘置所でオムライスまで出してくれるなんて。モーテルで取調べを受けていた時よりいい。だがそれは、私の食い意地と無知が引きおこした大きな勘違いだった。オムライスに見えたものは、麦飯と豆の比率が六〇パーセントを超える雑穀飯を大釜で蒸したもので、囚人たちは型飯と呼んでいた。

勘違いした理由は、ぼんやりとした明かりに照らされた雑穀飯の色がやけに黄色っぽかったうえに、型に入れて皿に伏せたご飯がオムライスに似ていたからだ。口の中で転がる型飯を飲み下した瞬間、涙があふれそうになった。だが、隣にオンニたちがいる。なんとか涙を飲んだ。のどがひりひりして、それ以上、雑穀飯を飲み込めなかった。

「チョン・ヨンチョ、独房二房！」

ヨンチョオンニが手を振り、目の前から消えた。

「パク・チョンウォン、窃盗・少年囚房！」

ソジ▒日本語の〈掃除〉が語源とされる。掃除を含む雑務を任されていた古株の収監者。

チョンウォンオンニも消えた。

「ソ・ミョンスク、詐欺・姦通房！」

囚人番号四一四一としての生活がはじまった。

同い年のオクチュや、私のことを孫か娘のように思ってくれるおばさんたちに囲まれて、私は少しずつ監房生活に慣れていった。それにつれ、ヨンチョオンニのことが心配になった。三人は、共犯分離の原則に基づいて分離収容されただけでなく、午後の運動の時間や週一回の入浴でさえ顔を合わせないよう管理された。だが、やはりチョン・ヨンチョだった。ある日、ソジの女が運動の時間に私のところに来て、なにかを手に握らせた。

「チョン・ヨンチョからの手紙。夜、光に照らすと見えるから」

すぐに袖口に隠して部屋に戻った。気になって広げてみると、ただのビニールコーティングされた紙だった。夜、みんなが眠るのを確認して明かりに照らすと、ビニール紙の上に文字がはっきりと浮かび上がった。

いとしいミョンスク、苦労してるだろうね。ごめんね。こうなった以上、歴史の召命、神の思し召しと思って、屈することなく耐え抜こう。社会に出るその日まで、どうかしっかり食べて、よく眠って、健康でいてね。

涙で明かりがぼやけた。ごめんね、と言った彼女の気持ちは十分に理解できた。自分が味わった極限の苦しみよりも、後輩の私が味わった苦しみのほうがつらく感じられたのだろう。しかも、私は冬休み明けに、もうオンニとは距離を置きたいと打ち明けていたので、彼女の自責の念はなおさら強かったのだろう。オンニは自分には厳しすぎる人だったが、後輩にはどこまでも温かく、情に厚く、よく気を配ってくれる先輩だった。歴史意識や大義名分だけで後輩に対して選択を強制したり、犠牲を強いたりすることはなかった。ガセネタのせいで一瞬でもオンニを疑った自分が、あまりにも恥ずかしかった。

ビニール紙の手紙は、皮膚用軟膏のフタの尖った部分で書かれたものだった。昼間はなにも見えないので、抜き打ちの所持品検査で引っかかっても切り抜けることができた。

以降、オンニはときどきソジたちをとおしてハトを飛ばしてきた。私も同じ方法で返事を送った。取調べですべてを認めていたので、やりとりは秘密めいたものではなかった。読んだ本の感想や面会に来た外の人たちのこと、世間話といったところだ。オンニとのやりとりは、退屈で息詰まる監房に吹き込む清涼な風のようで、面会がほとんどない私には、社会に向かって開かれた唯一の窓でもあった。

週に二、三度、母からも手紙が届いた。小学校で習ったのは日本語だけで、ハングルは夜学で学んだという母が書いた手紙は、ところどころ間違っていて、字も乱れていた。

あの日、目の前で、おまえが連れて行かれてから、真っ暗な日々が続いた。おまえがどこにいるか知るすべもなくて、しばらくは気をもむばかりだった。ソウルまで行っておまえの学校や下宿を訪ね歩き、友だちにも会ったけど、収穫もなく済州に帰って来た。この筆舌に尽くしがたい心境を、誰がわかってくれようか。そしたら、済州に戻った翌日、学校から連絡があっておまえが拘束されたって言うんだから、それこそ空が崩れ、地が割れるというのはこういうことかと思った……。

手紙は続々と届いた。

おまえの母校、晨星女子高に通ってる子が今日、店に来て、先生たちが晨星女子高の星が落ちたって言ったって言うじゃないか。学校ではただの星かもしれないけど、私にとっては空であり太陽だった。

お父さんは相変わらずお酒を飲んで過ごしてるよ。私までぼうっとしてはいけないから、今日も歯を食いしばって店を守った。おまえの末の弟トンソンはもう高三で、このことを知ったら大学入試やらなにやら自暴自棄になりそうだから、いろいろ嘘ついておまえが拘束されたことを隠してるけど、いつまで隠し通せるか、ひやひやしている。

今日もお父さんは配達に出て、オートバイを取引先に止めたままお酒を飲みに行ったんだ。店に寄ったトンソンがその話を聞いて、取引先からオートバイを引いて帰ってきて、店のシャッターも一緒に下ろしてくれて、どんなに助かったか。家への帰り道、市場の入口で、おばあさんが売れ残った花を安売りしてたから、ひと束買った。空き瓶にいけて縁側に置いたら、家の中がぱあっと明るくなったよ。ひさしぶりにきれいな花を見たら、おまえを見ているようで心も明るくなった。

手紙を読みながら、こらえていた涙があふれ、声をあげて泣いた。こんな状況でも花を買い、心を慰められる、母の強さと豊かさがありがたかった。

大学二年の大晦日。その日は正月*のお供え膳の材料を買い求める客で、店は一日じゅう、混雑していた。母は夜遅くなってようやく店を閉め、今度は自分の家のお供え用に春雨や魚、野菜など、さまざまな食材を頭にのせたり背負ったりして、私と家に向かった。西帰浦ではめったに見られない雪がこんこんと降っていた。急に立ち止まった母が言った。

「ミョンスク、この雪見て。ほんとにきれいだねえ。こんな日はどっか遠い遠いところに行きたいねえ」

思い返すと母はその時、きつい仕事や、母や妻としての重荷を下ろして、どこかに行きたかったのではないだろうか。

弟の面会

六月の午後。突然、刑務官ががちゃりと鉄門を開けた。

「四一四一！　面会！」

面会？　四一四一に？　まさか母さんが？　いぶかしく思いながら舎房を出た。刑務官は長い廊下を通って、面会室へと私を連れて行った。うれしさと怖さが入り交じっていた。面会室に入って椅子に座ると、ガラス越しに誰かが入ってくるのが見える。黒い制服姿の末の弟だった。

正月▒現在、韓国では旧暦で正月を祝うのが一般的だが、済州島では昔、新暦で正月を祝っていた。

トンソンは、なにかひとつだけに秀でた姉や兄とはまったく違う子だった。私たちふたりの長所だけを集めたように、勉強もスポーツも、そしてリーダーシップもオールAの万能タイプだった。長男が組織暴力団の道に足を踏み入れてしまったので、母の期待は済州島の名門、済州第一高校に入学したトンソンに向けられていた。

トンソンは沈痛な面持ちで立ったまま、なにも言わなかった。私もやはりなにも言えなかった。恥ずかしいというわけではなかったが、ただ申し訳なかった。受験勉強で一刻も惜しいはずの高校三年生がひとりで上京し、ソウルでも一番はずれの可楽洞（カラクドン）までバスを乗り換えて、だだっぴろい野原にある拘置所まで来るのはどんな気持ちだっただろうか。しかも去年の冬休みには、済州拘置所に収監中の兄の面会に行ったという話を、母から聞いたばかりだった。

四人の子どものうちふたりが収監され、末っ子が相次いで兄と姉の面会に行かなければならないなんて。それも一番多感な思春期の男の子が。

沈黙を守っていたトンソンが口を開いた。

「母さんからの領置金を差し入れておいた。差し入れ品はなにがいい？」

「なにもいらない」

私が言うと、かっと腹を立てた。弟の目が充血しているのがちらっと見えた。悲しみとも怒りともつかないような。

面会を終えて背を向けた弟のすぼんだ肩が、切なく寂しげに見えた。部屋に戻った私は頭を膝にうずめ、しばらく泣いた。独裁政権を批判するビラをつくって大学街にまいた罪。それは、家族を涙の川で溺れさせ、苦しみの沼に突き落とし、にきび面の高校生を、人生を生きつくした老人みたいにしてしまうほど大きいのだろうか。私たちを監獄送りにした人たちを許すまい。トンソンのすぼんだ肩を忘れまい。


韓国基督教教会協議会の要請で事件の弁論を引き受けたという弁護士が訪ねてきた。彼は、北部署が家族に居場所も知らせないまま、私たちを一カ月以上も不法に拘禁した事実を知っていたが、そこで起こった具体的な出来事までは知る由もない。私たちがどんな目に遭ったのかを聞いて、彼は私に助言した。

「本当に悪いやつらです。女子大生に暴行暴言のみならず、拷問や脅迫、情報操作まで。どうか恐れずに、法廷ですべてのことを話さなければなりません」

ヨンチョオンニが私をとても心配していることも教えてくれた。大学の卒業を控え、危険なことからは身を引く決心をした後輩で、腎臓や膀胱の具合もよくないから心が痛む。自分はどんなに重い刑を受けてもいいから、ミョンスクだけは一審で執行猶予がついて釈放されるようにしてほしい。ビラの作成はすべて自分がやったことで、それをミョンスクが大学街でまいたのは先輩である自分から頼まれて断れなかったからだと口裏を合わせれば、ミョンスクは善処してもらえるのではないかと、切々と訴えていたと言う。彼は私の返事を待った。ああ、オンニこそ、私への負い目でつらい服役生活を送っている。胸が痛んだ。どうすべきなのか。一日も早く自由の身になりたい。両親の心配を取り除きたい。だが、熱い気持ちでビラをつくったことも、怖くて震えながらも最後までビラをまいていたことも、真実だった。

怖いから、両親のためだからと、私の最小限の良心まで否定することはできない。

「ビラは私が書いたのに違いありません。配布も自発的にしました。取調べは死にたいと思うほどつらかったですが、監獄生活はまだ耐えられます。オンニに、本当にありがたいけれど、私のために苦しまないでほしいと伝えてください」

弁護士は、ただうなずいた。

全員有罪

初公判の日。

私たち三人は刑務官に率いられ、護送バスが待機する拘置所の正門へと向かった。女なので手錠をかけたり、縄で縛ったりはしないだろうと思っていたが違った。刑務官は私たちに手錠をかけ、腰に縄をくくり、その縄で三人をつないだ。私たちはイシモチの干物の束のようにつながれた状態でバスに乗った。ヨンチョオンニは色あせた青色の囚人服を着ていても品がよかった。チョンウォンオンニは囚人服がだぶだぶで、か弱そうに見えた。

ソウル中央地方裁判所がある中区の西小門まで、護送バスは走った。窓越しのソウル市内の風景は、金網のせいで碁盤の目のように細かく区切られて広がっている。横断歩道で大学生が信号待ちをしていた。

私もあの風景の中の平凡な女子大生だったのに、という思いが湧き、この状況が現実ではないように感じられた。むくんだ顔で、細い目をうっすら開けてその風景を眺める自分が、あらゆることを経験しつくした老女のように感じられた。私の青春は粉々に砕けてしまったのだ。

裁判所の広場にはすでに多くの人々がひしめいていた。

「ミョンスク、私よ、母さんよ！」

驚いた。店を誰に任せてやってきたのだろうか。母の叫び声のせいか、あちこちからすすり泣く声が聞こえた。その時、ヨンチョオンニが叫んだ。

「独裁政権は退け！　民主主義を勝ち取ろう！」

刑務官がヨンチョオンニの口をふさぎ、オンニは激しくもがいた。私たちに近寄ろうとした家族たちは警備員にさえぎられ、抗議し、大声をあげながら身もだえた。

修羅場だ。やっとのことで場内を落ち着かせて、ようやく裁判がはじまった。ビラの件だけで裁判になった私とチョンウォンオンニは簡単に終わったが、ヨンチョオンニの嫌疑はデモの準備と陰謀という大きなものだったため、長い論告が続いた。法廷内にはざわめきが広がり、ため息が洩れた。

判事が次の裁判の期日を告げ、第一回目の裁判は終わった。長い間緊張し覚悟も決めていたわりには、あまりにもつまらない初公判が、そうして幕を下ろした。

夏の拘置所は、火を焚いたかまどのような熱気だった。そんな中、ビッグニュースが伝えられた。

国を揺るがした『ＹＨ貿易労組新民党舎籠城事件』*の主犯とも言われる女三人が、ここ城東拘置所に収監されるという。今回は学生のアカではなく、労組のアカが入る。労組のアカは学生とは次元の違う、本物のアカだ、という話が

ＹＨ貿易労組新民党舎籠城事件▒一九七九年、かつら輸出会社「ＹＨ貿易」の女子労働者が会社の廃業通告に反発、会社運営の正常化を求めて当時の最大野党「新民党」の本部党舎に籠城した。

飛び交った。

囚人たちのひそひそ話を聞きながら、胸が苦しくなった。拘束されたＹＨの女工たちも私たちと同じく三人で、年齢も近いという。彼女たちに会えると思うと胸がわくわくする一方で、心が重くもあった。

外の世界でも大学生とは違う扱いを受けて生きてきた彼女たちが、拘置所でも差別を受けたらどうしようと思った。

しばらくして、事件の中心人物だという崔順永（チェスニョン）*が運動場にいるのを遠目に見かけた。臨月だという噂どおり、おなかはかなり大きくなっていた。だが、すれ違いざまに見たその顔は、痛々しいほどか弱い少女のようだった。

そして女舎内にはすぐに新しい世論が広まった。

女工たちはアカではないようだ、女工にしては顔も整っていてきれいだと。せめてもの救いだった。

ヨンチョオンニは、彼女たちの入所による最大の恩恵を受けた。拘置所としては、本物のアカを独房に収容するため、オンニを他の囚人たちと相部屋にするほかなかった。オンニはひさしぶりに群れの世界へと解放された。

結審公判には前より多くの傍聴人が集まり、母はヨンチョオンニのお母さんとぎゅっと手を取り合って、護送バスを見上げていた。

最終陳述。ヨンチョオンニは独特の落ち着いた低いトーンでこう主張した。

「朴正熙政権は永久執権を狙う徹底した一人独裁政権だ。維新憲法はその目的のために小細工をしてつくられた超法規的な法律である。従って、そのような法律に基づいて私たちを拘束したことこそが不法だ」

傍聴席から誰かが叫んだ。

「よし、ヨンチョよくやった。ばんざーい！」

顔は見えなかったが、オンニのお母さんだということはわかった。

続いて私の番になり、朴正熙大統領は独裁者だと話しはじめると、大きな声が聞こえてきた。

「ミョンスク、そんなこと言ってないで。早く判事さんに、私が間違っていま

崔順永▒一九五三年生まれ。YH貿易労組新民党舎籠城事件で収監されるも、朴大統領の暗殺を受けて釈放。その後は女性労働者や環境問題の運動家として活動。国会議員も務めた。

した、もうこんなことしませんってお詫びしなさい！」

母だ。オンニのお母さんとはまるで違う反応は恥ずかしくもあり、胸が痛くもあった。

判決は全員有罪。チョン・ヨンチョ、懲役二年六カ月および資格停止*二年六カ月。ソ・ミョンスクとパク・チョンウォン、それぞれ懲役一年および資格停止一年。独裁政権に向かって独裁政権だと言った罪。その独裁政権に反対するデモを計画した罪だった。手配中のボンフン以外は女子大生だからと、かすかな期待を抱いていた傍聴人の間からため息がこぼれた。誰かが大声で叫んだ。

「司法部が歴史の罪人だ！」

十月。母から届いた手紙は、私を奈落の底へと突き落とした。

大学から除籍通告書が送られてきた。

もはやすべての希望が消えうせて、真っ暗な闇夜を独りぼっちでゆくようだ。

娘だけはソウルの名門大に通っているという自負心でもちこたえてきた母にとって娘への除籍通告は、拘束の知らせより耐え難いことだったのかもしれない。怒りがこみあげてきた。大学は、最高裁判所の判決はおろか控訴審の開始さえ待たず、一審の判決が出るや、学生にとって死刑宣告にも等しい除籍措置を下したというのか。会ったこともない孔徳貴女史(コンドッキ)*や私のことを知りもしない宗教団体の人が、拘置所まで訪ねてきて領置金や差し入れ品、本を置いていってくれたりしたが、大学側からはひとりの面会も、一冊の本の差し入れもなかった。期待もしていなかったが、自由と正義と真理を校訓に掲げる大学ではなかったのか。外の寒さよりも、心の大地に吹きすさぶ寒風のほうが冷たかった。

資格停止▒有期の懲役・禁固の判決を受けた者は、刑の執行が終了または免除されるまで、公務員になる資格、公法上の選挙権と被選挙権、法律によって要件を定める公法上の業務に関する資格が停止される。
孔徳貴女史▒一九一一～九七年。尹潽善(ユン・ボソン)第四代大統領夫人。伝道師、神学者。

大統領の死

起床ラッパの代わりに、その朝は物悲しいトランペットの葬送曲が響き渡った。面会が一切禁止になり、外で大変なことが起きたという噂が広まった。刑務官たちの騒々しい足音だけが、あちこちから聞こえてきた。

数日後、「すごい事件」の輪郭が明らかになった。朴正熙大統領が、何者かが撃った銃弾を受けて逝去。警護室長ら複数人がその場で死亡したという衝撃的なニュースだった。呆然とした。民主主義を圧殺した権力者であり独裁者の朴大統領はその座から退いて、維新憲法も撤廃されなければならないと信じ、そのような考えをビラにも書いた。だが私が夢見た結末は、みずから退陣するか、国民の力でその座から引きずり下ろすかの、二つに一つだった。大統領が酒席で撃たれて死ぬなんて、想像を絶する結末だった。

「全部こいつらのせいだってば。こいつらみたいのが北にそそのかされて殺したんだよ。今、心の中でほくそ笑んでるだろうよ!」

私を指さしながら、女が怒鳴りちらした。あの女だ。夫の階級が星二つの将軍であることを鼻にかけている、金銭詐欺で入ってきた中年の婦人。人をばかにするうえに軽い偏執症もあるため、みんなその女に近づかなかった。

女は、とびかかって私の髪をひっつかもうとした。みんなが駆けよって引き離し、女は隅に追いやられ、はあはあと荒い息を吐いていた。独裁政権のプロパガンダにどれほど洗脳されて、朴正熙大統領をどれほど尊敬し、歪曲された報道にどれほど慣らされたら、あんな反応を見せるのだろう。しかも女は今も、軍部の階級体系の頂点に立つ、将軍の妻ではないのか。

ほどなくして、大統領に銃口を向けた人物が、親北勢力でも、運動圏勢力でもない、大統領の側近だとわかった。はじめは信じられないと首を横に振っていた将軍の妻に、刑務官が事実であると教えてやると、女の態度は一八〇度変わった。


朴正熙大統領がこの世を去っても、世の中は一朝一夕に変わりはしない。拘置所はさらに殺伐とし、寒さも一段と厳しくなった。刑務官たちは政治犯同士の交信を完全に遮断するため、私たちの運動や入浴時間を徹底管理した。

ある日、夕飯のおかずに、鼻をつくほどに臭う太刀魚の切り身が出た。身をほぐして食べるまでもない、骨ごとがりがり食べてもいいくらい薄っぺらな太刀魚だった。やたらと塩がまぶしてあるのは傷みにくくするためか、あるいは、少ないおかずでご飯一膳を平らげられるようにするためか。あまりに塩辛くて夜中にも喉が乾き、何度か水を飲んだ。母が働く昔ながらの市場では、銀色に輝く、大人の腕ほどの長さの太刀魚が、今にもタライから飛び出しそうに身をくねらせて跳ねていた。急に喉がじんじんして、熱い涙が頬を伝った。ああ、帰りたい。涙なんてなかったあの頃に、故郷、西帰浦に。

夜明けの釈放

聖書に〝主の日は夜中の盗人のように来る〟という言葉があるが、私たちの出所は、まさにそれだった。寒さで眠れずにいた囚人たちがようやく眠りに落ちた明け方、鉄門が開く音が騒々しく響いた。

「四一四一！　釈放。早く所持品を持って外に出ろ」

同室の囚人たちが驚いて目を覚ました。私の両隣にいたオクチュと指圧師のおばさんが一番驚き、ショックを受けたようだった。オクチュはついには泣きだした。「あんた、出ていくんだね。そりゃ、あんたたちが反対してた大統領が死んだんだから、まあ不思議じゃないよね。でも、こんなに急に……」

指圧師のおばさんは、私の背中をそっとなでながら言った。

「頼むから、外ではまず自分の体を大事にしなさいよ」

騒がしい音でようやく目を覚ました人たちが、みんな羨ましそうに私を見た。

これといった所持品もない。キリスト教団体から送られてきた分厚い聖書も、使いかけの皮膚軟膏やタオルもみんなに譲り、本を数冊だけ持っていくことにした。

最後まで処分に迷ったのは、意外にも一袋の三養(サミャン)ラーメンだった。二、三カ月前に執行猶予で釈放された囚人が私の手にぎゅっと握らせていった、あのインスタントラーメン。それまで私はこのラーメンを、廊下にある鉄製の練炭ストーブの上で調理して食べる機会をうかがっていた。そんな折、釈放の日が突然やってたのだ。そのラーメンのために一瞬でも出所を残念に思った自分の愚かさに、心の中で失笑した。私の釈放で誰よりも寂しがるであろうオクチュに、ラーメンをぎゅっと握らせてやった。真冬に熱々のラーメンを食べながら、どうか私のことでも思い出してくれますように。

待機室に行くと、ヨンチョオンニとチョンウォンオンニがすでに来ていた。ヨンチョオンニが私をぎゅっと抱きしめた。この前の冬の終わりにオンニの下宿から引っ越していく時に抱き合い、今度は冬のはじめにまた抱き合うことになったわけだ。

刑務官が箱をひとつずつ渡してくれた。ソウルから来た時に着ていた服と背負っていたリュックがそのまま入っていた。囚人服から、春物のチェック柄のシャツとジーパンに着替えた。鏡に映る自分は他人のようだった。

入ってきた時のように、またいくつかの門を通った。ついに私たちは拘置所の正門に立った。冬の早朝なので、まだ外は暗闇に包まれている。はじめて見る年配の男性刑務官が私たちを並ばせて穏やかに訓示した。

「これ以上寒くなる前に、緊急措置違反事犯など政治犯を大々的に釈放するという国の決定に従って、釈放する。今まで、閉ざされた空間での生活に苦労したことだろう。今日からは両親のことも考えて、国民たる道理、学生の本分に忠実であることを願う。以上！」

国民たる道理？　学生の本分？　私はすでに大学を除籍されたんですよ。反論が喉まで出かかったが、ぐっとのみ込んだ。だが、ヨンチョオンニは違った。刑務官が話し終えるや、鋭く言い放った。

「いいえ、私はまだ終わっていない闘いを続けるつもりです、もっと激しく。この国に民主主義が訪れるその日まで」

刑務官とその一行は首を振りながら戻っていった。私たちの前には広々とした野原が広がっていた。建物の一つも、通り過ぎる車の一台もない。これからどこへ行けばいいのだろうか。

その時、暗闇の中から誰かが近づいてきた。

「ヨンチョ、チョンウォン、ミョンスク！　私、私よ！　ポンジャオンニだよ！」

ヨンチョオンニの実のお姉さんだった。女性としては珍しいタクシー運転手をしていたポンジャオンニが自分のタクシーで私たちを迎えに来たのだ。

「まったく、昨日の夜遅くになって電話が来たんだよ。明日の明け方に釈放するから、絶対誰にも言わずに迎えに来いって！」

私たちは茫然自失の状態で互いに顔を見合わせていたが、銭湯に行って垢を落とそう、ということで意見が一致した。大統領の暗殺後、入浴制限の措置が取られていたため、三人とも体がむずむずしていたのだった。

「さあ、行こう！　銭湯へ！」

社会と隔離されてから二三六日ぶりだった。

故郷の棘（とげ）と癒やし

あれほど恋しかった故郷が、いざ帰ると、目には見えないまた別の監獄のように感じられた。連行から拘束、裁判にいたるまで、ただの一行も報道しなかった地元メディアが、済州出身である私とふたりの男子学生の釈放のニュースを一面で伝えた。

これまで近い親戚やご近所さん以外には内緒にしていた、ミョンスク商会の娘が監獄に入ったという事実は、町じゅうに知れ渡った。母の働く市場を通ると、背後から聞こえるひそひそ声が首筋にぐさぐさ刺さった。

「まあ、あの子が監獄に行ってた娘だって」

「ソウルのいい大学に行ったって、お母さんがあんなに自慢してたのに」

「勉強ができたって無駄だよ。学校もクビになったっていうのに!」

私の出所を喜んでいた家族はほどなくして、私がおかしなふうに変わったことに気づいてショックを受けた。かつての私は正月を迎えても、晴れ着より本がいい、と言うほど物欲がなかった。その私が、バスルームのタオルをごっそり自分の部屋に持っていって積み上げ、誰にも触らせないと物欲をあらわにする。母がドアをノックせずに開けると、怒って暴れた。

「母さん、拘置所の看守なの? なんで部屋のドアを勝手にばんばん開けて入ってくんのよ!」

愛する娘に看守呼ばわりされた母は、西帰浦でよく当たると評判の占い師を訪ねた。

私は心だけでなく体も壊れていた。一日に数十回トイレに行き、全身がぱんぱんにむくんだ私を連れて、母は西帰浦で一番腕がいいと評判の内科を訪ねた。腎下垂と慢性膀胱炎という診断が下った。

「おしっこが出ない病気には、とうもろこしのヒゲが一番いい」

周囲にそう言われた母は、とうもろこしのヒゲを買ってきては毎日やかん一杯分を煎じて、私に無理にでも飲ませた。塩辛い食べ物は禁物だという話を聞いてからは、目玉焼きはもちろん汁物にも醬油や塩を入れなかった。

そんな母が、ある日、家に帰って来るなりしゃがみ込み、声をあげて泣きだした。

「この世にこんな無情があるものか。魚売りのチャンドの母さんが今日、大きなアワビを私にくれて、ミョンスクがもう長いこと生きられないみたいだから、思う存分、悔いのないように食べさせてあげてって言うんだよ」

売れば大きな金になる貴重なアワビをくれたお隣さんの善意より、娘が長く生きられない、という一言が、心臓に棘のように刺さったのだ。

「店を売っぱらってでも、ミョンスクをおいそれと死なせはしないからご心配なくって、アワビを地面に叩きつけてきたさ」

すすり泣く母の曲がった背中を見おろしながら、私は心で誓った。なんとしてでも元気になって、長生きして、この親不孝を償わなくては。

西帰浦の病院に入院している時、地元の新聞社の記者が私を訪ねてきた。小説家で郷土史研究家でもある呉成賛(オソンチャン)さんだった。彼は、私が済州出身の女子大生としては唯一、拘束されたということに関心をもち「監獄生活について話してほしい」と言った。だが、私は彼が手にしていた取材手帳に目を留め、メディア界の大先輩を警察の手先だと誤解した。どうして私の話を根掘り葉掘り聞いて書きとめるのか。後で警察に提出しようと思っているんじゃないのか。露骨に問いただしもした。

後日、彼は言った。

「若いお嬢さんが精神的に大きなショックを受けたと思うと、むしろ本当に心が痛んだ」

そんな頃、私にとってなによりも大きな癒しになったのは、「大変だったね」と声をかけてくれる人間ではなく、なにも言わない自然だった。西帰浦の海岸沿いにそびえ立つ高さ二〇メートルの奇岩、ウェドルゲ周辺の松林は、私がもっとも愛して、長い時間を過ごした場所だった。

小学生の頃は毎年、遠足に行った場所。楽しい特技大会が終わると、先生があちこちに隠しておいた宝物をみんなで探しまわった。同じクラスの男子が昼食の時間でもないのに、ひとり隠れて質素な弁当を食べているところを目撃し、わけもなく喉元が苦しくなったこともある。

松林の向こうには、広大な海が一望できる平たい岩場が広がる。そこは松林とは違って、釣り人以外は訪れることのない、ひっそりとした場所だ。私は〈嵐が丘〉と名づけ、心があてもなくさまよう時には、そこに向かった。水平線をぼんやり眺めながら、本土に置いてきたもの、本土で出会ったすべてのものを懐かしく思った。いつかまた大学に、ソウルに戻れるだろうか。

ソウルの春

ソウルは、私にとって拘置所のある場所ではなく、ヨンチョオンニ、ジュウン、ヨンスク先輩といった恋しい人が住んでいる場所。青春を育み、埋めた場所だった。

朴正熙は世を去ったが、私の青春はいまだに差し押さえられたままだった。なにも手につかず、なにかをする意欲もなかった。

それでも、春はやってきた。私の青春も再び戻ってきた。一九八〇年、春。大々的な復学措置が取られ、私はまた大学に戻った。ヨンチョオンニは、望んでいた韓国教会社会宣教協議会の幹事の職についた。大学や社会を覆っていた抑圧と統制の影が取り払われ、民主化の風が力強く吹いていた。メディアはこれを〈ソウルの春〉と呼んだ。

大学では毎日、時局討論が活発におこなわれ、大学側が一方的に任命する韓国護国団体制に代わって、学生たちが代表を選ぶ直選制の総学生会選挙がおこなわれた。学生会館周辺はサークルの学生たちでごった返し、キャンパスはエネルギーが満ちあふれていた。「あの日消えていった涙のような花の群れ」*のように、ただ哀れで悲しげに感じられた春のツツジが、あんなにも華やいで見えたのは本当にひさしぶりだった。だが、この春は果たしていつまで続くのだろうかと、不安がる者もいた。キャンパスに渦巻く興奮と不安の中で、春の日々が過ぎていった。ジュウンとも再会したが、彼は復学生協議会の仕事にのめり込んでいた。運動圏とは少し距離を置いていた私は、彼を遠くから見守った。

五月一五日、朝から校庭が騒がしかった。首都圏のすべての大学と市民団体が、ソウル駅広場で大規模な時局大会を開く日だった。民主政府樹立のための段階的措置がきちんと取られていないことを政府与党に抗議するためのものだ。卑怯になると決心した私だったが、単なる集会への参加まで躊躇(ちゅうちょ)するわけにはいかない。

高麗大生たちは大運動場に集結した後、安岩洞(アナムドン)*からソウル駅まで車道を行進した。世宗文化会館の近くを通ると、二年前のデモの光景がありありと想い起こされた。あの日、私たちはスクラムを組んで走り、戦闘警察隊の盾にはばまれ、護送車に乗せられ、靴があちこちに転がっていた。ソウルの道路の真ん中を堂々と、平和に行進する日がやって来るとは。

ソウル駅はすでに、各地から集まった大学生たちであふれ返っていた。人混みにヨンチョオンニの姿を見つけた。私たちは涙ぐみながら抱き合った。ホンジャも、ヨンスクも……。その年の二月にすでに卒業していた大学の同期たちも来ていた。

ソウル駅広場を埋めつくすデモ隊の前に、デモを主導したソウル大の総学生会長が姿を現した。視線を一身に集めた主人公は、驚いたことに、夜学の同僚教師だった。発言の要旨はこうだ。これだけやれば、権力の核心部に我々の意思は伝わったはずである。さらに衝突すれば、彼らにデモ弾圧と軍兵力動員の口実を与えるだけだ。平和に自主的に解散し、民主市民の水準を世界に示そう。我々デモ指導部は梨花(イファ)女子大学に集結して今後の状況について話し合い、備え

あの日消えて…花の群れ▩李承晩政権を倒した一九六〇年の四・一九革命の犠牲者を追悼する詩「ツツジ」の一節。原詩では「涙」でなく「若者」となっている。
安岩洞▩ソウル北部にある町。ミョンスクが通っていた高麗大学がある。

ることとする、などなど。

　群衆の間からため息とともにざわめきが起こった。

「行くぞ、青瓦台（チョンワデ）*へ！」

　大声でわめき立てる強硬論者もいた。だが、現状について、より多くの情報をもっているデモ指導部の決断なのだから尊重しよう、という雰囲気が生まれ、デモ隊は散っていった。

　ヨンチョオンニが言った。

「なんか様子がおかしくない？」

　しばらくして、韓国南西部の光州（クァンジュ）で大規模な街頭デモが起こったという噂が伝わってきた。テレビやラジオでは武装暴力デモというニュースが流れている。予備軍部隊の武器庫が襲われ、銃器が奪われ、武装した暴徒によって光州が掌握されたという恐ろしい内容だった。数日がたつと〝幸いにも、我々の非常に勇敢な空輸部隊が暴徒のデモを鎮圧した〟という速報が流れた。

　大学周辺でのあらゆる討論や集会は瞬時に中止され、季節は春なのに真冬のように凍りついた。〈ソウルの春〉は突然やってきて、殺伐とした空気の中、退却していった。いわゆる光州事件*が鎮圧され、光州への通行が許可された日の翌日、ヨンチョオンニが私にそっと提案した。

「私と光州に一度行ってみない？　ニュースは信じられないから、自分たちの目で見ないと。そうでしょ？」

山川草木事件のように、歪曲されていないという保証はない。政府の干渉と統制を受ける政府系メディアの報道をそのまま信じるには、私たちは精神的にあまりに年を取り過ぎていた。

オンニにとっては故郷だが、私は一度も行ったことのない光州。そこに向かう高速道路沿いには緊張感が漂っていた。重装備の軍人たちが、自家用車はもちろん高速バスまで停車させ、すべての乗客を検問した。座席をまわって身分証明書を確認する軍人に、住民登録証を提示する私の手がぶるぶる震えた。少

青瓦台▒大統領府。

光州事件▒一九八〇年五月一七日の全斗煥らによる軍事クーデターと、全羅南道出身の金大中の連行を機に、同道光州市（現・光州広域市）を中心に起こった民衆蜂起。翌一八日、光州での学生デモは戒厳軍に弾圧されたが、市民も一九日より合流し、デモは同道一帯に波及した。学生・市民らは市民軍を組織して武装闘争を展開し、同道庁を占拠したが、戒厳軍は二一日に光州を封鎖、二七日に武力鎮圧した。この過程で多数の死傷者が出た。

し前まで監獄にいたと知れたらどうしよう。だが彼は、着飾った若い女ふたりをちらりと見て、すぐに他の座席へと進んでいった。

オンニは出発前から、宿泊先や食べるものは心配するなと自信ありげだった。落ちぶれた自分の家とは違って、母方のおばさん一家は光州でも指折りの有力者で家も広いから、いくらでも泊めてくれるし、食事も出してくれる、と言った。

そのおばさんの家は、実際、聞いていたとおり、立派な二階建て洋館の裕福そうな家だった。広いリビングに座るなり、おばさんは「危ないのにどうして来たの？　まあほんとに女ってのは度胸があるねえ。大変だったでしょ」と言い、ヨンチョオンニの両手を握ってしばらく放さなかった。オンニは、光州でなにが起きたのか話してほしいと、おばさんにお願いした。はじめはただかぶりを振るばかりだったおばさんは、周囲を注意深くうかがってから、ようやく口を開いた。

「私は長いこと生きてきたけど、あの時の光州のあんな世界ははじめてだったよ。あの時の光州はどんなに平和で、あったかいところだったか。みんなが自分の持ってるものを差し出して、分け合って。出せるものがなけりゃ気持ちだけでもって、ゴミ拾いしたりしてね。海苔巻きをつくって、トラックに乗っている人に放りあげたら、ありがとうって挨拶が返ってきてさ。市民軍が、市民のものを一つでも盗んだり手を出したりしちゃダメ、万一、悪い考えを起こした人に店が襲われたらいけないからって、みんな交代しながら見まわって守ってくれたんだよ。私も生涯、神様を信じてきた人間だけど、天国があるとしたらきっとこんなところなんだろうと思ったねえ。それほどに平和であれと守ったこの場所なのに、あいつらがめちゃくちゃに引っかきまわして、ついには道庁にまで押し入って、手当たり次第に銃を撃って、どこかに積んで行って……、あの哀れな子どもらまで……。とんでもない騒ぎだったよ」

当時、当局は報道を徹底的に統制し、新聞や放送は当局の出す報道資料をオウムのようにそっくりそのまま繰り返した。それでも光州をめぐる噂は、まるで霧のようにひそやかにソウルまで届き、空輸部隊員たちが臨月の妊婦の腹を割いて胎児を取り出したという忌まわしい噂まで広まっていた。じゃあ、あの恐ろしい噂はすべて事実だったというのか！

「えっ、小さな子たちまで？」

真っ青になって声を上げる私に、ヨンチョオンニが低い声でゆっくりと説明した。子どもとは言っても、全羅道の方言では小さな子だけでなく、若い人までも総称すると。

翌日、デモの拠点となった光州の目抜き通りをまわった。ＹＭＣＡの建物の壁には、あの日の悲劇を物語る銃弾跡がはっきりと残っていた。

CHAPTER 3

次なるステージ

光州以降、民主化闘争にさらにのめりこんでいくヨンチョオンニと民主化闘争から離れたミョンスク。おのずとふたりは遠ざかり、苦い青春の記憶を胸に、一九八〇年、ミョンスクは大学を卒業する。

その四年後にはジュウンと結婚、二人の息子に恵まれた。

しかし、山川草木事件はその後のミョンスクの人生に影を落としていた。正規の職につくことは難しく、子育てをしながら依頼された原稿を書くフリーライターとしての日々を悶々と送っていた。

そんな一九八九年の春、転機が訪れる。

週刊誌『時事ジャーナル』の創刊にともない、ミョンスクに声がかかる。

配属先は、女性記者としては異例の政治部だった。

ミョンスクは、家のことも、子どものことも忘れるほど仕事に没頭し、部長、そして編集長に就任した。

始発電車で出勤し、終電で帰る日が一五年続いた。

二〇〇三年、編集長にまで上り詰めたその職をミョンスクは捨てる決意をする。

四六歳の岐路

二〇〇三年四月一日。編集長を務める『時事ジャーナル』に、新しい発行人が就任した。経緯はこうだ。不渡りを出した会社*を引きついだ社主は、経営が好転するや、新たな発行人を迎えいれようとした。どんな背景かはわからないが、私たちはこれを、編集権の独立を主張する編集局幹部や気難しい記者たちを懐柔するための地ならしだと解釈し、反対の意思を表明した。一年以上、給料未払いが続くなかでも守ってきた雑誌であり、編集局の独立は脈々と受けつがれてきた伝統だった。

だが社主は、編集局の強い反対にもかかわらず、中道左派寄りのカラーとはかけ離れた、保守派の人物を発行人に任命したのだ。

私は編集長になって二年目だった。局の記者たちをまとめつつ、発行人と緊密にやりとりする立場。路線のかけ離れた発行人が就任すれば、記者と発行人

不渡りを出した会社▓時事ジャーナルを発刊していた国際言論文化社(前・時事ジャーナル社)は、九七年に始まった通貨危機のあおりを受け、九八年に不渡りを出した。

との間で板ばさみになるのは目に見えていた。偏見をもたず、臆することなく、長い目で冷静に考えよう。そう考えていたものの、新しい発行人との面談後、私はひどく悩んだ。なにがどうというわけではないが、長年の会社勤めの経験から直感したのだ。私と発行人は、絶対に通じ合うことはない。一緒に働いたら、面倒なことが起こると。

数日、悩んだ末、編集長の座を退こうと役職辞退書を出した。経営が黒字に転じたとはいえ、困難な時期をともに過ごした先輩や後輩のことが気がかりで、辞表は出せなかった。それに、まだ年寄りというわけではなく、かといって若くもない四〇代半ばのおばさん記者が荒野へと踏み出すのは〝狂気の沙汰〟だった。

結局、選んだのが役職辞退書だ。心身ともに負担の大きい編集長という肩書を捨て、体は大変でも精神的に楽な記者に戻ろうと決めた。新しい発行人には、この機にすべてを一新すべきだと思うので自分は現場に戻ると、もっともらしい理由をつけた。だが発行人は、この苦しい辞退理由を受けいれなかった。辞表か、編集長か、決断を迫られた。考える時間が必要だった。休暇願を事務員に預け、会社を出た。ぼんやりと公園のベンチに腰かけていたら、ふと、済州が恋しくなった。胸が締めつけられるほど愛しい故郷。なのに、ずっと足を遠ざけてきた。訪れるのは、急を要する出張や家の用事がある時だけ、それも短期間で。なのに、その時どうして済州が思い浮かんだのだろう。一週間前に友人のヨンソンから電話で、二〇年以上の新聞記者生活に終止符を打ち、詩人に戻るという話を聞いたからか。ひどく孤独で疲れたせいで、故郷にすがりたくなったのか。不思議なことだった。

休暇願はまだ正式に承認されていなかったが、私は家に寄って洗面用具だけをかばんに入れ、金浦空港へと向かった。

その夜、友人ヨンソンにこれまでの気苦労をぶちまけた。のどかな済州の海に似て、のんびりと漫画を読んでいた、済州語で言うところのぐうたら者・カンセダリの私が、二〇年もスクープ合戦でもまれているうち、いつしか仕事中毒になっていた。

ヨンソンは、静かに言った。

「明日、飛揚島(ピヤンド)*に行ってみない?」

誕生からわずか千年の火山島、飛揚島。中国にある山が、ある日突然、飛んできて鎮座したとされ、挾才(ヒョプチェ)海水浴場から見ると、おぼろげな夢のように浮かんでいる。結婚を機に引退した女優コ・ヒョンジョンの芸能界復帰作となったドラマ『春の日』のロケ地としても有名だ。

翌日、私たちは飛揚島行きの船の時間に合わせ、朝早く翰林(ハルリム)港へ向かった。船の小ささもさることながら、乗客の少なさにも驚いた。島の戦闘警察詰所に勤務しているというあどけない兵士が二人、中年の女が二人、本島の息子宅からの帰りだという高齢の海女、それで全部だった。もやい綱が解かれると、船は白い水しぶきをあげて青い海原を進んだ。遠くに絵のように浮かぶ飛揚島が少しずつ近づいてくる。島全体が飛揚峰という山だと言えるほどにこじんまりと、なだらかな曲線を描く。翡翠色の海はまぶしく輝く。私たちが着く前に、また飛んでいったらどうしよう。美しすぎて、たどり着けないのではないかとはらはらした。

翰林港から飛揚島まで、わずか一五分。それは単に、ある場所から、別の場所へと移動する一五分ではなく、くたびれた日常を抜けだしてパラダイスへと向かう一五分だった。

港近くでは、老人たちが日差しを浴びながら海藻を干していた。子どもたちは幼い弟や妹を手押し車に乗せて走っていた。飛揚島ののどかな風景は、ぴりぴりと気が立っていた私をやさしく包み込んだ。あんなふうに姉さんの手押し車に乗せてもらっていた頃が、私にもあったな。自然と心が安らいだ。おのずと歩みもゆっくりになった。こういう場所でせかせかと歩くのは、そぐわない。ぶらり、ぶらり、集落を護る枝ぶりのいい神木の脇を通り、小さな標識に従って飛揚峰の散策路へと入った。一面に咲き乱れる紫色の野花が迎えてくれた。私は植物の名前を覚えるのが苦手で、知ろうともしなかったが、その花だけは名前を呼んでやりたいと思った。ヨンソンが「ハマダイコンの花だ」と教えてくれた。花びらを噛んでみたら、大根の香りがした。だからハマダイコンというのか。

飛揚島▒済州島西部に浮かぶ小さな島。面積は五二平方キロメートル。

飛揚峰では足を止めるたび、そのすべてがビューポイントだった。登るにつれ、見える風景は少しずつ変わっていく。最初は片側にだけ見えていた海が、両側に見えはじめ、やがては四方に広がった。ため息が出た。悩みや心配事はどこかに吹き飛んでいった。私たちはだんだん風景に溶けこんでいき、やがて風景の一部となった。

ついに飛揚峰の頂上。四方に広がるエメラルド色の海は、まるで世界一大きなシルクの布をぴんと張ったようだった。遠くに漢拏山と翰林港。まさに、見渡すかぎり海だった。白い灯台のそばに座って長い間、海を眺めた。満ちあふれる海の水が、からからに干からびた私の胸に流れこんでくるようだった。

海のそばで生まれ育ったというのに、まともに海を見たのはいつのことだったか思い出せないほどだ。綿雲やうろこ雲をぼんやりと眺めるのも、いつ以来だろう。熱い涙が頬を伝った。チョー・ヨンピルの歌『夢』の一節のように、故郷を離れ、孤独で世知辛い都会でなんとか生きていこうと、長い間もがいてきた。どたばた、あたふた、追いつ追われつ、戦場にいるような日々だった。そうしているうちに部長になり、編集長にもなったが、壊れた機械のように体はぼろぼろ、心は冷えきっていた。

大人の私は海のことをすっかり忘れて生きていたが、私の中の幼い子どもはずっと海を恋しがっていたのかもしれない。二度とお前にかわいそうな思いをさせない。たまには空を見あげたり、夕焼けを眺めたりさせてあげる。この海と空に誓って約束するよ。その日、私は、私の中の子どもに約束した。

悩める自由人

二日後、ソウルに戻ると、無断で編集局を留守にしたと大騒ぎになっていた。飛揚島で決心したとおり辞表を提出すると、上も下もみな呆気(あっけ)にとられた。編集局の記者たちは必死で止めにかかった。新しい発行人と仕事をしてみてから判断しても遅くはない。それでも合わないと思うなら、その時、一緒に闘おうと。私の意思が変わらないとわかると、彼らは職員総会を開いて説得にかかった。数時間にも及ぶ会議の最後、私は叫んだ。

「経営も安定したので、私がいなくても問題はない。私はこの会社に一生仕えるつもりはない。私にも個人として幸せになる権利がある」

辞表撤回の前歴が三度もあるので、今回もまた引っ込めるだろうと楽観していた周囲は、断固とした態度に驚いたようだった。もともと私は、心がもろい。だが今回は、後輩に泣きつかれ、先輩に説得されて心が揺れるたびに、飛揚島の空と海を思い浮かべた。

半月後の四月末、辞表が受理された。入社から一五年。会社の電子メールの代わりに個人のメールアカウントを作り、ＩＤをｊａｙｕｉｎ（自由人）にした。自由人になるのが長年の夢だった。


自由にはそれなりの代償がともなうと、予想していなかったわけではない。だが、自由人の生活は想像以上に落ち着かなかった。

五月一日、盧武鉉（ノムヒョン）大統領と討論する生放送番組『国民との対話』にパネリストとして出演したのを最後に、私は社会活動から身を引いた。最初の数日は、天にも昇る心地だった。毎日、急ぎ足で通っていた地下鉄の傍花（パンファ）駅。その改札口近くにあるベンチに腰かけて春の陽を浴びていると、あまりの幸せに全身がこそばゆくなった。遅刻しないよう急ぐ人たちを尻目に満喫する「自発的失業者」のゆとり！　だが、いつからか胸が苦しく締めつけられるようになった。なにもしたくない。この世のすべてに、なんの興味もない。朝食を食べたらまたベッドにもぐり込み、昼食後もベッドに直行する日々が続いた。眠っているわけでも、目を開けているわけでもない仮死状態の連続。だから、夜には目が冴えて眠れなかった。職場で悩んでいた後輩の顔が浮かんでがばっと起きあがったり、記事が締め切りに間に合わない悪夢にうなされたりした。

みずから辞表を出したのに、正体不明の圧力で辞職を強いられた気分だった。私が机の私物をまとめている時には今にも泣きそうな顔をしていたくせに、ひと月たっても電話一本よこさない後輩たちが薄情に思えた。私がいなくても雑誌が発行され、毎週、売り場に並ぶ現実に、怒りがこみあげてきた。私のこれまではいったいなんだったのか。奪われた人生はどうやって取り戻せばいいのか。会社にすべてを捧げ、昼も夜もなく働いてきたせいで、私には退職後の備えどころか、これといった趣味さえなかった。

「おまえ、睡眠不足の霊でも取りついたのかい？　睡眠が足りていない人は、あの世にいっても不足を取り戻さないといけないらしいね」

当時ソウルのわが家に来ていた母は、眠ってばかりの私をふびんがっていたが、しまいには呆れたようだった。

「辞めなきゃよかったんだよ。あんなに止めたのに、言うことを聞かないから」

といって舌打ちすることもあった。地獄だった。このままではだめだと、精神科医のチョン・ヘシン院長に電話をかけた。

院長は症状を丁寧に分析してくれた。事故で腕を失った人も、しばらくは自分の身に降りかかった現実を認めようとしないという。精神的な問題も同じ。長年の関係を整理するには、それまでの年月と同じくらい時間がかかる。離婚を望んでいたのに、いざ離婚すると精神的に不安になって苦しむ人は多いそうだ。チョン院長のおかげで、途方に暮れたり、絶望感に打ちひしがれたりすることなく、自分の心理状態を客観的に見ることができた。

自分の感情が理解できるようになると、やっとベッドから起きあがる気力が戻った。ようやく外の空気に触れたいという気持ちになった。家の近くの開花（ケファ）

山（サン）に登ると、木々の緑は濃く、あちこちで花が咲いていた。

以来、朝夕、山に登るようになった。尾根に茂る常緑樹は、人間によって傷つけられた私の心を慰めてくれた。なにも話さない木が与えてくれる慰めは、人間の話す数百数千の言葉より大きく感じられた。野の花は、遠くの大きなものばかり見ていた私に、足元の小さなものがどれほど美しいかを気づかせてくれた。本当に不思議なことだった。歩いていると、どんな憎しみや嘆き、あわれみも、つまらないものに感じられた。干上がった大地が豊かになるようだった。泥水で濁った心の湖は、澱（おり）が沈み、澄みきった水になっていった。

ソ・ミョンスクとその時代

西暦	年齢		韓国情勢
1957		10月23日、西帰浦市城山邑古城里に生まれる	
1963	6		朴正熙、大統領就任
1964	7	西帰浦小学校、入学	
1970	13	西帰浦女子中学校、入学	
1973	16	晨星女子高等学校、入学	金大中拉致事件
1974	17		朴正熙夫人殺人事件
1975	18		緊急措置九号発動
1976	19	高麗大学教育学科、入学。高大新聞社の記者を務める	
1997	20	高大新聞社の創刊記念日の集いで、チョン・ヨンチョと出会う	
1978	21	夜学教師となる。オム・ジュウンの逮捕	
1979	22	緊急措置九号違反の嫌疑で連行。拘禁、監獄生活	朴正熙大統領射殺事件。崔圭夏、大統領就任
1980	23	復学。高麗大学教育学科、卒業	光州事件。全斗煥、大統領就任
1981	24	収監歴により正社員雇用されない日々が続く	
1983	26	月刊誌『マダン』と月刊誌『韓国人』で記者を務める	

年	年齢	出来事	社会の出来事
1984	27	オム・ジュウンと結婚	
1986	29	長男出産	
1987	30		大韓航空機爆破事件
1988	31		盧泰愚、大統領就任。ソウルオリンピック
1989	32	週刊誌『時事ジャーナル』政治部記者及び取材第一部長になる	
1993	36		金泳三、大統領就任
1994	37	次男出産	
1998	41		金大中、大統領就任
2000	43		金大中大統領ノーベル平和賞受賞
2001	44	『時事ジャーナル』編集長に就任	
2002	45		
2003	46	『時事ジャーナル』退職。ウォーキング開始	FIFAワールドカップ
2005	48	インターネット新聞『オーマイニュース』編集長に就任（～2006）	盧武鉉、大統領就任
2006	49	サンティアゴ巡礼路へ	
2007	50	離婚。済州島へ帰郷。「社団法人済州オルレ」設立	

CHAPTER 4
歩く人

幼い頃から、ぐうたら者・カンセダリだったミョンスクは
目まぐるしい都市生活にもまれるうちに、仕事の虫となった。
他誌とのスクープ合戦を繰り広げ、
記事が書けず、壁に頭を打ったこともあった。
歩くことで自分を取り戻したミョンスクは
もっと歩きたい、もっと道の上にいたいと思うようになった。
少なくとも歩いている間だけは、穏やかなひとときが訪れた。
それまで目に入らなかった花々や草木が、
耳に入ってこなかった鳥の声が、歩くうちに届くようになった。
青春時代からの夢が終わりを迎え、
新たな夢が動きだそうとしていた。
サンティアゴ巡礼路。
千年前、カトリックの信者たちが歩いたという八〇〇キロの道を
めざしてミョンスクは歩きはじめる。

憧れの道

よく車さえあればどこにでも行けるというが、むしろ逆だ。車では行けない場所も多いが、歩いてならどこにでも行ける。徒歩だと遠くには行けないというが、必ずしもそうではない。はるか遠くに見える峠の向こうの村も、歩いているといつの間にかたどり着き、いつしかはるか後ろに遠ざかっている。昔の人が千里の道を歩いて科挙*を受けに行ったのも、確かに不可能なことではない。歩くことこそ、その土地のことを知るもっとも有効な方法だ。

かつて取材のためバスやタクシーでさくさくと見てまわった場所を、あらためて歩くと、まるで違う姿が目の前に現れた。はるかに魅力的で素顔に近い姿が。歩いてみないことには、その場所を知っているとは言えないことに気づいた。二本の足で足跡を残してこそ、その場所が自分のものになる。

自由人になってから、それまでの人生の総歩行距離を上回るほど歩いたが、

科挙▓中国や朝鮮半島などでおこなわれた官吏の採用試験。

どんなに歩いても、歩くことへの飢えはなくならない。残念なことに、道はいつもこれからというところで終わっていた。道と道がつながっておらず、途切れてしまうのだ。車はいたるところでクラクションを鳴らして歩行者を脅かした。歩くことに魅了されるほどに、穏やかにゆっくりと、人間らしい尊厳を保って歩きたいと思うようになった。もう歩けなくなるまで道の上にいたかった。

一冊の本に出会った。表紙は洗練されておらず、活字は粗悪で、編集も雑だった。それもそのはず。二〇年前に韓国からブラジルに移住した五〇代の女性が、自身の旅行記を女子高の同窓生にメールで送ったところ、それを友人たちがお金を出し合って、数量限定の非売品としてつくったものだという。読んでみれば、まさに手に汗握るスリル満点のストーリー。旅の専門家ではないが、世の荒波にもまれてきた中年女性のたくましさがひしひしと感じられる旅行記だった。

著者は、洋服屋と家事の切り盛りで忙しく、ブラジルの国内旅行すら満足にしたことがないという典型的な兼業主婦。しかも、韓国人の夫はご多分に漏れず保守的で、来る日も来る日も、回し車の上のハムスターのように決まりきったことを繰り返すばかりだった。ところがある日、新聞に載っていたサンティアゴの紀行文を読んで、なぜかどうしても行かなければならないと感じたという。半ば懇願、半ば脅しで、夫の許可を取った。週末になると周辺の山を登って予行演習を繰り返し、ついにヨーロッパ行きの飛行機に乗り込んだ。

五〇代の女性が生まれてはじめてひとり旅に出て、八〇〇キロもの道のりを歩くことに挑戦したのだ。本を読みながら私は、彼女とともに泣き、笑い、楽しみ、はらはらした。ピレネー山脈を越え、ぶどう畑を過ぎ、大平原を横切り、やがて旅の終わりのサンティアゴ・デ・コンポステーラにいたるまで、ずっと。

いつかきっと、私もこの道を歩くぞ。そう決心した。千年の古道、美しい中世風の聖堂、徒歩旅行者を歓迎してくれる地元の人々。この世に三拍子揃ったものはないというが、これはまさに三拍子。各国の旅行者たちと一緒に歩いても、ひとり静かに歩いてもいいという。歩くことに飢えていた私にとって、これに勝る道はなかった。

決心は岩のように固かったが、わずかな貯金をはたいてまで旅に出る勇気はなかった。その代わり、行く先々でサンティアゴの話をした。あまりに何度も話すので、もう行って来たんじゃなかったっけと聞き返す人もいた。今すぐ実行できなくても、その道のことを胸に抱いているだけで幸せだった。すぐに旅立てないのは残念だったが、無職の生活は少しずつ安定してきた。財布がだんだん軽くなる一方で、心はどんどん豊かになった。体質が変わったと周囲に驚かれるほど、私は無職を楽しんでいた。小遣いがなくならないようにときどき、依頼された原稿を書くのが私の仕事のすべてだった。

政界から何度か誘いがあったが、心は揺れなかった。なにも潔癖な性分だからというわけではなく、特に興味がなかったのだ。仕事のオファーも二度ほどあったが、それも無職の誘惑には勝てなかった。財布は軽いが時間はたっぷりの無職のほうが、財布は厚いが時間はない会社員より優雅で、人間的だった。

オーマイニュース！

無職になって二年になる二〇〇五年の春。インターネット新聞『オーマイニュース』＊の呉連鎬代表から電話があった。相談がある、会って話せないか、と。有名な記者だし同業者でもあるので過去に会ったことはあるが、それほど親しいわけでもない。オ代表は予想外の提案をしてきた。

「編集局長になってもらえないか」

アナログメディアで働いてきた私にデジタルメディアの仕事を任せるのは突拍子もなく思えたが、魅力的な提案ではあった。二〇〇〇年に創刊の『オーマイニュース』は〝すべての市民は記者だ〟をモットーに、大胆に市民記者制度を導入し、並々ならぬ底力を発揮してきた。金泳三（キムヨンサム）の高麗大学での特別講義の際には、一五時間もの実況中継を配信し、政界やメディア業界でも話題になった。ライバル会社の記事なのに、私はコンピューターの画面から目が離せなかった。ニュース界の常識をひっくり返す、挑発的なものだった。

これ以上年を取る前に、知らない世界を経験するのもいいかもしれない。心が揺れた。ひさしぶりに感じる記者としての欲望だった。


オーマイニュース▩二〇〇〇年二月、韓国で設立された市民参加型インターネット新聞サイト。

サンティアゴの道を歩きたい

二日後、編集局の面談に応じるとオ代表に伝えた。あれよあれよという間にことは進み、私は二年ぶりに、新聞社の集まる光化門(クァンファムン)通りへ戻った。四万人を超える市民記者と八〇人にのぼる常勤記者を統括する『オーマイニュース』三代目編集長として。

オ代表は、任期は二年だが再任も可能だと言い添えた。私は心の中で笑いながら答えた。再任なんて絶対にありませんよ。任期が終わったら、すぐリュックを背負ってスペインに発ちますから。

はじめての給料日、会社近くの銀行に行って給料の一部を積み立てた。名づけて、サンティアゴ積立。たとえ会社員生活が大変でも、光化門の大気汚染がひどくても、この通帳さえ思い浮かべれば耐えられるはずだ。夢を見るだけでも幸せなのだから。

仕事は想像以上におもしろかった。印刷所に原稿をまわさなくても、発売日を待たなくても、読者に発送しなくても、ニュースを瞬時に届けられる。不思議で刺激的な経験だった。

時事週刊誌で働いていた頃は、時間の制約でスクープを逃したり他社に奪われたりすることがどれほど多かったことか。特ダネが漏れないよう極秘にしつつ締切日を待って印刷する。販売台に並ぶ瞬間まで、どれほどはらはらしたことか。読者の手に届く前に、出所の明示もなしに新聞やテレビに引用された時には、どれほど憤慨したことか。

だが、『オーマイニュース』の生産、配信方法は完全に違っていた。記事を書いて、写真を載せ、見出しと小見出しをつければ完了。編集が終わるとすぐにコンピューターの画面に記事が表示され、読者の感想や意見が書きこまれる。

「うわあ、不思議ねえ！　ほんとに速いわね」

繰り返しそう言う私に、後輩たちはもっと不思議そうにしていた。マンハッタンに現れたブッシュマンのようだった。

入社から、ひと月。市民記者から夜の間にどっさり送られて来た記事に、早朝、目を通していたところ、ある単語に目が吸い寄せられた。サン、ティ、ア、ゴ。キム・ナムヒという市民記者が現地から送ってきたサンティアゴの徒歩旅行記だった。名前は見覚えがあった。『気が小さく臆病で気難しい女ひとりの徒歩旅行』という本を出した作家だった。

あれほど行きたいと思っていた道を、すでに歩いた韓国人女性がいる。うらやましくて、嫉妬心が湧きあがってきた。愉快、爽快、痛快、かつ感動の涙まで誘う韓飛野(ハンビヤ)*の紀行文とは違い、キム・ナムヒのそれは心に静かに染みいる。

スペインの地図にサンティアゴの旅のルートを示し、町をクリックすると当該記事が読めるようにできるか、美術部に聞いてみた。ちょっと考えてみるという返事だったが、ものの数日で完成させてくれた。編集長の好みを強く反映させた編集ではあったが、記事の内容も読者の反応もよかったので、なんのためらいもなかった。現地のインターネット事情が悪いため、記事はどんどん送られてくるわけではなかったが、毎朝わくわくしながら待つのは仕事の楽しみのひとつとなった。前回はブラジルに移住した韓国人女性、今回はキム・ナムヒと一緒に、私はサンティアゴの道を歩いたわけだ。

仕事や同僚たちに慣れるにつれ、徐々に嫌気がさしてきた。全世界に散らばる記者から送られて来る記事を検討し、バランスを考慮し、さまざまな相談に応じる。それが編集長の仕事。要は、一日じゅうコンピューターとにらめっこし、キーボードを叩いていなければならないのだ。以前なら、そうやって働いたあげく病院に担ぎこまれたり、ぶっ倒れたりしていたが、今回は〈ぐうたら船長〉になると決心した。航海士や一等機関士の仕事までする〈モーレツ船長〉がいいわけではないと、遅ればせながら気づいたからだ。

私は後輩たちを洗脳した。

「編集長は船で言えば船長だ。船長は航海中ずっと舵を取ったり、ちまちまと甲板の掃除までしたりするものではない。どちらに向かうか進路を決めるのが船長だ。長年の経験をもとに、船にとって危険な氷山や暗礁がないかを見極めながら」

とはいえ、抱えている部下はかなり多く、部下の数だけ悩みも多かった。短

韓飛野▒一九五八年生まれの作家、国際救護活動家。バックパッカーとして世界約六〇カ国の奥地を旅し、その経験をまとめた本を出版。〈風の娘〉の愛称で知られる。

期間で急成長し、社会的に多くの関心を集めたメディアだけに課題が山積みだったし、市民記者たちの要求や提案も多様で、きりがなかった。

口ではぐうたら船長と言いつつも頭の中は爆発しそうで、いつもなにかに追われている気分だった。ああ、私は戦場に戻って来てしまった。それも、のんびりした後方部隊ではなく、銃弾が飛び交う最前線に。いやになって戦場を去ったのに、なんてことをしてしまったのだろう。

息抜きが必要だった。しばらく中断していたウォーキングを再開した。会社から光化門の総合庁舎を経て青瓦台をひとまわりし、景福宮(キョンボックン)を通って会社に戻る三〇分の徒歩コースを選んだ。信号が多く空気も悪かったが、遠くに行くことも、長く歩くこともできないので、仕方なかった。国立民俗博物館の裏道を通ると、殺風景な都会の中でイチョウの木々が季節の移ろいを教えてくれた。初々しい若葉色が青々とした緑色になり、緑に黄色が交じりはじめ、やがて黄金色に染まった。この道をぶらりぶらりと歩く私は、都会の孤独な散策者だった。歩きながら、まずなにをすべきか、どうやって解決の糸口を見つけるかを、よく考えたものだ。

歩くことは、無職の時には唯一の話し相手。働きだしてからは素晴らしい助言者となった。歩くことの力は無限で実に多様だった。「旅路で人生の道を問う」という言葉の意味がわかった気がした。

ニーチェは「創造力がもっとも豊かにあふれだすのは、いつも私の筋肉が敏捷に動いている時だった」と述べた。一八世紀のフランス人作家ルイ＝セバスチャン・メルシエは「天子は馬車に乗り、天才は歩く」と説いた。ベートーベンも楽想が浮かばない時は散歩に出かけ、ふと楽想が浮かぶと、すぐ家に戻って五線譜に書きとめた。振り子時計のように毎日、規則正しく散歩したというカントの逸話は、教科書で紹介されるほど有名だ。

私は天才ではないので、創造的なアイデアや芸術的なインスピレーションを得たわけではないが、仕事の洪水に押し流されない判断力やバランス感覚を身につけることができた。歩くだけでよかった。

めまぐるしく変化する韓国ソウルのど真ん中、光の速さで繰り広げられる情報戦争の現場で、唯一の安らぎは気ままな散策だった。二本の腕をぶんぶん振って二本の脚で歩く、その時だけは魂が自由でいられたから。

だが、やがて、短い散策では癒しきれないほど、心身の疲れがたまっていった。腰が痛くなるほどコンピューターに張りつく編集部の記者も、西へ東へと取材現場を飛びまわり何本も記事を書く取材部の記者も、はつらつとしていた。

しかし、指揮官の私は、暇さえあれば散歩で気分転換しているというのに、元気になれず苦しんでいた。無職の時に充電しておいたバッテリーが底をついた気分だった。ちょうどその頃、すっかり葉を落として寂しげだったイチョウの木が芽吹き、緑に染まっていった。春、夏、秋、冬、そしてまた春が過ぎつつあった。

サンティアゴ積立の通帳を記帳してみた。豪華旅行には手が届かないが、徒歩旅行に出るには十分な額になっていた。疲れ果てた指揮官が戦闘を指揮できるはずがないし、するべきでもない。会社のためにも、任期満了を待たず辞表を出すべきだと考えた。なにより、これ以上年を取る前にサンティアゴの道を歩きたかった。これまで精一杯、必死で生きてきた自分に安らぎと休息をプレゼントしたかった。あの道の上で探してみたかった。仕事に追われて生きるうちに見失ってしまった自分を。あの道の上で問うてみたかった。人生の後半をどう生きていけばいいのかを。

最初の難関

会社を辞めると同時に出発したかった。だが、家族を説得しなければならないし、ひと月を超える強行軍に備えて体力もつけなければならない。情報も集めて、持ち物もきちんと揃える必要があった。そのうえ、学生の夏休みと社会人の休暇シーズンが重なる夏は、徒歩旅行者や巡礼者がもっとも多い季節。巡礼宿アルベルゲが足りない地域では、ベッドの確保も難しいという。退職し、時間はある。わざわざ混雑する休暇シーズンに行く理由はない。

旅立ちの日を、約二カ月後の二〇〇六年九月と決めた。最初の難関は家族の反対だった。夫も実家の母も反対した。「これまで家を留守にしがちで、子どもたちの面倒もろくに見られなかったじゃないか。これからは家にいて、しっかり家事でもしたらどうだ」「いい年した女がバックパックの旅だなんて」

稼ぎのない大学生でも行っているのに、自分で稼いできた私が行けないなんて。休暇もろくに取れずに二〇年以上、必死で働いてきたというのに。悔しくて、悲しくて、リビングで幼な子のように声をあげて泣いた。上の子がそっとそばに来て、水の入ったグラスを差し出してくれた。そして、水を飲みながらもすすり泣いている私の背中を叩いた。子どもをあやすように、とんとん、と。

お？　こいつがこんなことを？　息子は、かなり手を焼かせる子だった。記者の仕事が忙しくて母親らしいことをしてやれなかった罪の代償を、利子までつけてきっちり払わされた。小学校高学年から中学を卒業するまで、しょっちゅう先生に呼び出された。友だちと仲良くできない、窓ガラスを割った、美術の時間に必要な物を持ってこない、先生に口答えして反抗する、などなど。

中三の時には技術の先生に叱られた後、家出して三日間戻ってこず、たいそう気をもんだ。結局、マンションの敷地内にあるあずまやで、ぼろ布のように体を丸めて眠っていた。その瞬間にこみあげた感情は、うれしさでも怒りでもない。ただ、途方に暮れた。成績が振るわず実業高校に進学したが、その後は反抗期もおさまり、学校に呼び出されることもなくなった。専攻を生かして専門大学にも進学した。

その子が、ささやくように言うのだ。

「心配いらないよ。母さんには旅行に行く資格が十分にあるさ。なにも心配しないで、持ち物の準備でもしなよ」

こみあげていた悲しみは雪が溶けるように消え、心が温かくなった。この子がまだ愛らしい幼な子だった頃以来、はじめて子を産んでよかったと思った。悩みの種だった息子が、心強い仲間のように感じられた。巡礼路に発つ前からすでに、素晴らしい贈り物をもらった気分だった。

私の愛すべき友人たち、通称〈十姉妹〉の間でも、意見が分かれた。反対派の先頭に立ったのは柳時春（ユシチュン）＊先輩だ。

柳時春　一九五〇年生まれの小説家。教師をしながら一九七三年にデビューした。

「ミョンスクは筋金入りの方向音痴だし、ちょっとそそかしいでしょ。しょっちゅう物を失くすし。落としたクレジットカードを拾ってあげたことなんて数知れずよ。韓国だから今まで無事に生きてこられたけど、外国じゃそうはいかないわよ。元気がありあまってるなら全国縦断でもしなさいよ」

すると、待ってましたとばかりに反対意見が続出した。自分の家への道順もまともに教えられない。英語ができない等々。

だが、憤然と立ちあがって擁護してくれた人がいた。風の娘ハン・ビヤだ。

「大賛成！　ミョンスクさんなら大丈夫。人が好きで、誰とでも仲良くなれるもの。世界じゅうの巡礼者と歩いて同じ宿で寝るんだから、大切なのは仲良くなれる力。英語がペラペラで無愛想なのより、英語は下手でも誰とでも仲良くなれるほうが、はるかにいいわよ。ボディーランゲージもあるじゃない。ミョンスクさんは表情豊かでジェスチャーも上手。十分、通じるわよ。すぐ物を失くしちゃうって？　靴とリュック以外は安物を持っていけばいいのよ。失くしちゃったら、現地で調達すればいい。方向音痴？　徒歩旅行ではまったく問題ない。口があるんだから聞けばいいでしょ。巡礼者たちが大勢歩いてる道なんだから、平気よ」

　地球を二周半も歩いた女、徒歩旅行の達人が太鼓判を押したことで、流れは一変した。そこに、十姉妹の長姉でジャーナリストのキム・ソンジュ*先輩がとどめを刺した。

「なんといっても旅の経験豊富なビヤの意見が一番でしょ。ミョンスク、確かにそそっかしいけど、意外と楽しんでくるわよ」

　この日を最後に、引き止める人はいなくなったので、八月はじめから本格的な準備に入った。

　思い切って、リュックと登山靴は高価で丈夫なものを買った。ふだんの私ならとても手が出ない金額だが、身を守るためだと割り切って、この道のエキスパートであるペク・スンギ*先輩のアドバイスに従った。次は体力づくり。八〇

キム・ソンジュ▒一九四七年生まれの作家、ジャーナリスト。日刊紙『朝鮮日報』の記者を経て、『ハンギョレ』の論説委員や出版本部長、論説主幹を歴任。
ペク・スンギ▒著者が『時事ジャーナル』在職中、同社の写真部長を務めていた。編集権の独立を訴えて同社を退職した後、ともに退職した記者たちと時事週刊誌『時事ＩＮ』を二〇〇七年に創刊。

○キロのサンティアゴ巡礼路に挑戦するという話を聞きつけて、意地悪な先輩が私を冷やかした。

「最後までたどり着けなかったら、恥ずかしくて帰ってこれないんじゃないの？いい年なんだからあまり無理しないで、どうしてもつらかったらこっそり戻っておいで。しばらくどこかに隠れていて、タイミングを見計らって出てくればいいんだから」

冗談が現実にならないようにするには、一にも二にも体力強化が必要だった。『オーマイニュース』で働いている間に体重はかなり増え、体力も落ちた。なにか特別な対策が必要だった。

自宅近くの傍花大橋から汝矣島（ヨイド）までは一四キロ。はじめは、そのうちの八キロを歩くことで満足した。それでも息があがり、脚も痛くなったが、一週間で体にハリが出てきたような気がした。次は、汝矣島まで片道一四キロを歩いた。最初は見えていなかった国会議事堂が、歩いているうちに遠くに姿を現し、いつの間にかすぐ目の前になっていた。

散策路は渋滞とは無縁だった。

二本の脚は、車のように路上で突然エンストすることもない。歩くことは無力のようで、実はもっとも強力な移動手段だった。

ひと月あまりで体重は三キロ減った。肉三キロといえばかなりの量だ。ミョンホオンニ*の話では、落ちたのはほとんどが脂肪なので、同じ三キロでも体積は筋肉よりはるかに大きいそうだ。実際、ズボンはかなりブカブカになった。

大事故をやらかした。旅行用品を買いに行った南大門(ナムデムン)市場で、パスポートを落としてしまったのだ。結局、パスポートは見つからず、四年間で二度も失くしたという理由で警察の事情聴取まで受け、出国までに再発行してもらえるか危うい状況だった。反対論が再び現実味を帯びてきた。みんな心配そうだったが、四年余り温めてきた夢を諦めるわけにはいかない。

私はへこたれなかった。

ミョンホオンニ▒イユ・ミョンホ。一九五三年生まれの韓方専門医。父の姓イと母の姓ユを取って、イユという姓を名乗っている。〈十姉妹〉のひとり。

旅の経験豊富なジャーナリストのパク・オッキ*先輩は、ウエストポーチでは心配だからと、おばあさんたちが韓服の下に身につけるコジェンイのような、ポケットつきのパンティーを三枚プレゼントしてくれた。そんな下着があるとは知らなかった。

十姉妹や元同僚たちは、サンティアゴの旅に必要なものをそれぞれプレゼントしてくれた。自分の代わりに旅に同行させてやってくれと言って。キム・ソンジュ先輩はアンコールワット寺院で買ってきたという緑色のバンダナをくれた。後輩のウンジュは青い魚が描かれたインド製ショール、ミョンホオンニは端ぎれでつくった赤いスカート、ペク・スンギ先輩は登山家らしく高性能のライト、『オーマイニュース』の後輩サンギュは登山用の半ズボンをそれぞれ贈ってくれた。サンティアゴへと旅立つ前から、すでに私は幸せだった。

二〇〇六年九月、オハン・スッキ*に見送られて、金浦空港から旅立った。夏の気配さめやらぬ、晴れやかな初秋だった。

九月一〇日、パリから列車でフランス領バスクのサン＝ジャン＝ピエ＝ド＝ポーへ。
ここで巡礼者に徒歩旅行証明書を発給する「サンティアゴ協会」に立ち寄った。
九月一一日、いよいよ歩きはじめる。
ピレネー山越えの前半部。ウントで宿泊。
九月一二日、ピレネー山越えの後半部を終え、
夕刻にロンセスバーリェスに到着。
自分の足でフランスからスペインへと国境を越えた！
スピリでは同宿者のいびきの洗礼を受けた。
いびきには道中ずっと悩まされる。
大学都市パンプローナでは市内観光をした。
シスル・メノールでは韓国人女性と出会い、一緒にチヂミを食べた。

パク・オッキ■一九五〇年生まれのジャーナリスト、社会運動家。ソウル新聞の写真記者、女性新聞の編集委員を経て、フェミニズムの文化企画団体の代表も務めた。

オハン・スッキ■一九五九年生まれの女性学者、作家。父の姓オと母の姓ハンを取ってオハンという姓を名乗る。『時事ジャーナル』編集局に激励の手紙を送ったことから、編集長だった著者と親しくなる。〈十姉妹〉のひとり。

シラウキではドキュメンタリー撮影中の作家パウロ・コエーリョに遭遇。
帰国後に放映されたそのドキュメンタリーには、
ふたりが言葉を交わしている場面も映っていた。
ログローニョで開かれていたブドウ収穫祭では、巡礼路で知り合った人たちと
「十月一五日正午にサンティアゴ大聖堂前で会おう」と約束した。
ブルゴスを過ぎれば大平原地域だ。
そこからレオンまで一八一キロ、
レオンからアルト・ド・ポイオまで一六四キロ。
サンティアゴ大聖堂までは、あと一四七キロ。
ミョンスクはここまですでに六三〇キロを歩いている。

待望のサンティアゴ

十月一一日の朝。

海抜一三〇〇メートルの村アルト・ド・ポイオで一泊し、アルベルゲを出ようとしたら雨が降りだした。ペチカの火にあたっていた巡礼者たちは、みな困り顔だった。ある女性が、リュックだけでもタクシーで運んでもらおうと提案した。六人が五ユーロずつ出し合い、一五キロ離れたトリアカステーラのアルベルゲまで荷物を送ることにした。霧雨に濡れながら、苦難の行軍を開始した。

ひと月の間にリュックが体の一部になってしまったのだろうか。リュックがなければ身軽だろうと思っていたのに、逆だった。肩が落ち着かず、心も空虚だった。やがて雨脚が弱まってくると、後悔が押し寄せた。リュックは無事に着いただろうか、万一に備えて、カメラや日記帳は自分で持っておくべきだったか。寒さや不安を吹き飛ばそうと、走っていくことにした。『オーマイニュース』で働いていた頃、社内のマラソン大会に二度、参加したじゃないか。あの時のように五キロだけ走ろう。ゆっくりと走りはじめた。ひと月で体重が五キロほど減ったおかげで、体が羽毛のように軽かった。

漢拏山のふもとを走る五・一六道路とそっくりな、つづら折りの道が現れた。前を歩いていた巡礼者に一人、二人と追いついた。雨に洗われ、清らかな緑で覆われた山。その山を力強く走るうちに、血潮に乗ってなにかがあふれだした。自由だった。喜びだった。雨の中で、私はひとりの人間だった。誰かの母でも、妻でも、娘でも、記者でもない、ただのソ・ミョンスクという人間を、心から愛せる。そんな予感がした。

サモスのアルベルゲは修道院を改造したもので、ベッドの並ぶホールはちょっとした運動場ほどの大きさだった。重い足を引きずってトイレに行く音、便器の水を流す音、食あたりしたのか夜通し吐いている音。トイレの近くのベッドで横になっていると、あらゆる物音に悩まされた。実は数日前、夜中にトイレに行こうとして足を踏みはずし、二段ベッドの上段から大理石の床に転げ落ちてしまった。頭も砕けるかと思うような事故にショックを受けて、わざわざトイレに近い二段ベッドの下段を選んだのに、今度は音に悩まされるなんて。もうアルベルゲに泊まるのはやめよう。ホテルかホステルに行くべきか。だが宿泊費が高いし、気乗りもしない。

いっそ、夜中も歩きつづけたらどうだろう。他の巡礼者たちとサンティアゴでの再会の約束をした日は、三日後に迫っていた。残りはあと一四五キロ。ふだんのペースなら五日はかかる。でも夜中も歩きつづけたら、約束を果たせるかもしれない。この道を最初に歩いたという聖人ヤコブも、夜を徹して歩を進めたのかもしれない。私たちのご先祖さまも、トラの出没する深い山あいを真夜中に歩いて越えたというではないか。ここはトラのいないスペイン。この前の冬、女性の先輩たちと江原道（カンウォンド）で夜通し歩きつづけて、道端のあずまやで野宿した経験もあった。なんのこれしき、とりあえずやってみよう。

だが、夕日が尾根の向こうに沈み、うっとりするような群青の光が大地を包む頃には、私は夜も歩きつづけようかどうか迷っていた。ライターをしばらくいじっていたが、やがて意を決してリュックを背負った。未知の空間に向かって足を踏み出した。その瞬間、情熱と緊張が体を駆けめぐった。迷いや恐怖心をなんとか振り払った。

どれくらい歩いただろうか。あたりが薄暗くなっていくなか、サンティアゴまで一〇〇キロ、と書かれた標石が現れた。地道に歩いていたらこんな瞬間も来る。先にここを通った人たちも同じ心境だったらしい。持っていたハンカチやステッキ、帽子、メッセージの書かれたカードなどが標石の上に置かれていた。なんと、履いていた登山靴を置いていくという強者もいた。

そこまではよかった。ほどなく、サンティアゴの標識を見失ってしまった。今にもなにかが飛びだしてきそうな茂みが行く手をはばむ。早足であたりを捜してみたが、標識は見当たらない。町に戻るには遠すぎる。これまでの経験から、間違った方向に進むより、動かないほうがいいと判断した。いっそのこと、ここで野宿しよう。石垣で囲まれた草むらに分け入って、寝袋を広げた。ペク・スンギ先輩から一度くらいは野宿の手ほどきを受けておくんだった。後悔先に立たず。寝袋から頭だけ出して見あげた空には、星が輝いていた。幼い頃、縁台の上で、母の膝を枕に寝転んでいると、顔に星がぱらぱらと降ってきそうだった。ふと、母のことが恋しくてたまらなくなった。

マットレスもなく、じかに寝転んでいるので、地面の冷気がじわじわと伝わってきた。リュックを引っかきまわして、ありったけの服を着てみたが、寒気はおさまらなかった。どうして夜に歩こうだなんて考えを起こしてしまったのか。後悔は尽きなかった。寒さでがたがた震えながらなんとか眠ろうとしていると、急にまぶしい光が降り注いできた。半月がにっこりと笑っていた。月の光に照らされた寝袋の周りは、夜露で水浸しだった。こうなるともう眠れない。月光があまりに明るいので、標識を見つけられるのではないかと思った。

なんと標識は、見失って大慌てした場所から一〇〇メートルも離れていない変電所の塀に隠れていた。寒さに身を縮めて眠ったせいか、なにかで殴られたかのように体が痛んだ。重いリュックのせいで、肩はちぎれそうだった。露で濡れた靴下を脱いで素足で歩いていたら、とうとうマメまでできてしまった。目標は達成したので、今日はアルベルゲに泊まって体を休め、最終日はオールナイトをしよう。ふたたび戦略を修正した。

夕暮れ時、ポンテ・カンパーニャの町で、レストランを兼ねたアルベルゲを訪ねた。食堂から漂ってくる匂いに生唾を飲み込んだが、あいにく空きベッドがないという。管理人は、一キロ先にもアルベルゲがあると親切に教えてくれた。食堂に集まっていた巡礼者たちは、私の不運を自分のことのように残念がってくれた。一キロぐらいなんだ。だが、あたりはあっという間に暗くなった。

月光に照らされた白い岩の道は、ソウル南部にある冠岳山（クァナクサン）の登り口に似ていた。ソウルを思い感傷に浸っていると、突然、激しく吠える犬の声が聞こえてきた。不安に立ちつくしていると、青い目をギラギラ光らせた犬が私めがけて走ってくる。一匹、二匹、三匹。軽率なことをしたばっかりに、私は異郷で犬死にするんだと思った瞬間、なにかがきらりと光り、誰かが窓を開けて大声をあげた。

私は怒鳴った。

「ちゃんとつないでおきなさいよ！」

男は口笛で犬たちを呼び寄せた後、鍵をじゃらじゃらさせながら、震える私に近づいてきた。なんと、その向かいの建物がアルベルゲだった。男は、自分はアルベルゲの管理人で、今日は巡礼者が来ないようなので早めに閉めたのだと、申し訳なさそうに言った。男の案内で中に入ると、ベッドが二〇台以上、シャワーブースは五つ。人生はタイミング。さっきは追い返されたのに、今度は貸し切りだった。

私は私の道を

サンティアゴのガイドブックには必ず紹介されているタコ料理のプルポ。どんな味だろうと早足で歩いていると、木陰で女性が気持ちよさそうに休んでいる。ぐうたら者・カンセダリのように。二時間ほど前にバル（飲食店）で会ったヘニーだった。イギリスで生まれ育ったがスペインが好きで、一年の半分はアンダルシア地方で過ごすという。私たちはのんびりと休んでから、昼どきになってようやくメリーデの町に入った。

町の人たちに何度も道を尋ねてたどり着いたプルポの店は、入口からすでに名店のオーラが漂っていた。プルポを待っていると、いかつい顔の男がヘニーめがけて突進してきた。ふたりは抱き合ったり頰を寄せ合ったりと大騒ぎだ。知的なヘニーとちんぴらのような男の組み合わせは、どこか不釣り合いだった。男がさんざん騒いで、もとの席に戻っていった後、ヘニーが言った。

「一週間前に私が泊まったアルベルゲの管理人なの。その日の宿泊客は私だけだったんだけど、厨房からヒステリックな包丁の音が聞こえてくるのよ。まな板が割れるかと思うくらいの。怖いのなんのって。でも、一緒にワインを飲みながら話を聞いてみたら、彼がいらだつのも無理ないと思ったわ。巡礼者がめったに来ないアルベルゲをひとりで管理してるんだけど、たまに客が来たかと思えば、ひどく気難しかったり偏屈だったり。好きではじめた仕事だからやめるわけにもいかず、すごくつらいって言うの」

ヘニーは彼を説得したという。すぐ荷物をまとめて、あなたも巡礼の道を歩きなさいと。不幸せな気持ちで人に奉仕するより、まずあなたが幸せになるべきだと。男はアルベルゲを放って行くわけにはいかないとためらっていたが、翌日の明け方、リュックを背負って入口でヘニーを待っていたそうだ。

見るからにおいしそうなプルポに、白ワインも進んだ。気分よく、私は大声になった。

「五年に一度は、借金をしてでもサンティアゴに来るぞ!」

ヘニーはただうなずいた。

「私たち、ここで本当に幸せな時間を過ごしたし、多くのものを得たわ。だから、その幸せを他の人たちにも分けてあげるべきだと思うの。こうやってサンティアゴに来るという幸運を、誰もが手に入れられるわけじゃないでしょ。ねえ、自分の国に戻ったら、それぞれのカミーノ（巡礼路）をつくるっていうのはどう？　あなたはあなたの道を、私は私の道を」

雷に打たれたような衝撃が走った。今ここにある道だけが道だと思っていた私。韓国にはどうして歩くための美しい道がないのかと常々、不満に思っていた私。目からうろこが落ちた。そうか、自分で道をつくればいいんだ。サンティアゴの巡礼路を歩きながらも、まぶたに浮かんでいたのは幼い頃に歩いた故郷、済州の道……。そこに道をつくればいいんだ。

「済州オルレ」の種がまかれた瞬間だった。

CHAPTER 5

道をつなぐ

サンティアゴ巡礼路を歩き、雨に洗われ、清らかな緑に包まれるうちに、
記者でも、妻でも、母でもない自分に立ち返ったミョンスクは、
故郷、西帰浦の山の頂から見渡す海の素晴らしさを再発見した。
そして、新しい道を見つける。
済州で、私は、私の道をつくりたい。
魯迅の言葉に、ミョンスクは夢を託した。
「希望とは、もともとあるものとはいえぬし、ないものだともいえない。
それは地上の道のようなものである。
もともと地上には、道はない。歩く人が多くなれば、それが道になるのだ」

サンティアゴからのプレゼント

歩きはじめて三五日がたった、十月一五日。ついに巡礼路の終着地サンティアゴ・デ・コンポステーラに到着した。疲れも足の痛みも吹き飛んだ。夢に見たサンティアゴ巡礼路を歩いてきた今、これ以上望むものはない。人生で一番幸せな瞬間だった。

翌日、多くの巡礼者が旅の終わりに立ち寄るフィニステレ岬まで、バスで移動した。町の雰囲気が気に入った私は、そこで三、四日過ごすことにした。いざ滞在してみると、なんだか故郷に戻ってきたような気がした。

町の道は、ほとんどが港に通じていた。曲がりくねった路地の先には、贈り物のように青い海が私を待っていた。かつて、西帰浦の松林の向こうに海が広がっていたように。埠頭の正面にあるバルには観光客や巡礼者が出入りしていたが、その角を曲がると地元の人たちがよく行くバルがあった。気性の荒い生粋の海の男たちがたむろしてウェイトレスに意地悪な冗談を飛ばし、賭けトランプをしている。トラジウィスキー一杯に、哀愁漂うサックスの音色*が流れてきそう

トラジウィスキー……サックスの音色▒歌手チェ・ベクホの代表曲『ロマンについて』の歌詞。トラジウィスキーは一九五〇年代から七〇年代にかけて韓国で生産されていた、安物の模造ウィスキー。

だった。午前中は本を読みながらバルで過ごし、午後になると海辺の岩に腰かけて広々とした海を眺めた。

バルで知り合った地元の男は、ヨーロッパ大陸を股にかけるトレーラーの運転手で、職業柄か流暢に英語を話した。いったん仕事に出ると半月ほどは戻れず、仕事が終わると故郷の海を眺めに来るのだという。すると、また仕事に行く元気が出るのだと。昔からフィニステレほど美しい場所はない、というのが彼の持論だった。

男は数人の巡礼者に言った。

「本物の風景を見せてやろう」

港側と灯台側のふたつの海を一度に見おろせる山に案内してくれた。風雨が吹きつける山頂に立ち、彼は誇らしげに言った。

「これがフィニステレさ」

西帰浦の三梅峰(サンメボン)の山頂から見ると、コバルト色などという単純な言葉では表せない、さまざまな色の海が四方に広がり、五つの島が浮かぶ。彼にその海を見せて、いばってやりたかった。

「これが西帰浦さ」

故郷の再発見。サンティアゴが私にくれた、思いがけないプレゼントだった。

私の幼い頃のあだ名は「カンセダリ（ぐうたら者）」だった。根がずぼらで、やりたくないことはなんとかして避けようとする私のことを家族は「やれやれ、このカンセダリが」と呆れていた。生存条件が厳しい済州では、まめに働くことは美徳であり必須条件。カンセダリの烙印を押されるなんて、恥ずかしいことだった。だが、三〇年の都会生活は、生まれついてのカンセダリを仕事の虫に変えた。私が三〇代はじめに既婚の女性記者として新しい職場に移ることになった時に、送別会の席で、激励の言葉とともに上司にこう言われたものだ。一生懸命、働きすぎないようにさえすれば、君は記者としてきっと成功する。頼むから、八〇パーセントの力で働いてくれ、と。

その言葉を私は聞き流した。新しい職場には有能な同僚が多かったので、彼らに負けないよう、それまで以上に必死で働いた。スクープや企画アイデアを他社に持っていかれた日には眠れなかった。締切が迫っているのに記事が書けず、壁に頭を打ちつけたこともあった。いつの間にか、ぐうたらすることのできない仕事中毒人間になってしまっていた。

その頃になってようやく、仕事中毒は怠けることよりも危険だということに気がついた。怠けていて死んだという人はいなくても、過労で死んだり病気になったりする人は周囲にたくさんいた。サンティアゴ巡礼路へ旅立ったのも、仕事中毒から抜け出そうとする本能的なあがきだったのかもしれない。サンティアゴ巡礼路をのんびりと歩いたことで、私はようやくカンセダリに戻ることができた。

「スピードは果たして幸せな疾走なのか」という問いを投げかける『*Das Tempo-Virus*』の著者ペーター・ボルシャイト。彼は、必要以上に速いスピードに人類が振りまわされるようになった原因として、競争力をあげる。「人より速くあらねば、という欲のために、スピードそのものがひとつの価値となり、目的と化してしまった。スピードの特権階級に属したいがために、より速い自動車、より速いコンピューターを買う金を稼ぎつづけなければならなくなっている」。加速化中毒のさまざまな兆候を詳細に分析した著者は、こう結論づける。

「人生でもっとも美しい時間を過ごすのに時計はいらない。大切なのは、時間が与えてくれるものを生かすことだ」

済州オルレの道をつくることになったのも、スピードに縛られ、仕事に追われて生きる私のような人たちに、休息と癒やしを与えるためだった。本当の平和と幸福は、〈ゆっくり〉と〈ゆとり〉なくしては得られない。人々にカンセダリになってもらわねば。少なくとも平和の島、済州でだけは。

西帰浦カミーノ

「あなたの国にあなたの道をつくるのよ」

サンティアゴの巡礼路で出会ったヘニーの一言が、ずっと頭から離れず、私は周囲にも話すようになっていた。無事の帰国を祝う場で、サンティアゴの道と同じくらい、いや、それよりもっと美しい済州の道をつくりたいという思いを明かすと、みんな賛成してくれた。一番喜んでくれたのは、イユ・ミョンホ先輩だった。

「やっとわかったようね。スペインの観光庁にばかりいい思いさせる必要ないのよ。実は済州島のほうが素敵でしょ。サンティアゴに発つ時、私、なんて言った？　韓国にもいい道がたくさんあるって、そう言ったじゃない」

元祖バックパッカーのハン・ビヤも続いた。

「素晴らしいアイデアね。徒歩旅行で知り合った友人たちに、君の国を旅するならどこがいいかってよく聞かれるけど、そのたびに困ってたのよ。もうこれからは自信をもって答えられるわ。韓国の最南端、済州島に素晴らしいアイランドトレッキングコースがあるって。外国人はアイランドコースが大好きなのよ」

アイランドコース！　さすが、地図にない場所を歩いてきたハン・ビヤらしい話だった。この世で一番美しい道という、サンティアゴの巡礼路。その八〇〇キロの道を歩いている間、私はずっと幸せだったが、ほんの少しだけ物足りない気がしていた。おそまきながら、その理由がわかった。海だ。フィニステレに予定より四日も長く滞在したのも、ひとえに海のためだった。潮の香りに包まれて青い海の前に立った瞬間、私の魂は安息の地を見つけた。

私にとって海は故郷そのものだった。済州の中でも美しいことで知られる西帰浦七十里(チルシムニ)という海辺の町で私は生まれ、一五歳までそこで育った。海は遊び場であり、学習の場。海の幸をタダでもらえる天然のいけすだった。子どもたちは小学校にあがる前から、海辺で遊んだ。まだ小さいうちは天地淵(チョンジヨン)瀑布近くの川辺の岩、ある程度大きくなるとチャグリの海辺、背丈が大人並みになったらソナンモリへと、活動範囲を広げていった。

今もはっきりと覚えている。燃えるような日差しを白く照り返す土の道を、パンツとタオルの入った洗面器を脇に抱えて歩いた夏の日を。海中のとがった石ころで足の裏の薄い皮膚が傷ついてもへっちゃらだった。海水を飲みこみすぎて声がかすれ、耳が詰まったようにぼうっとなるまで、何度も水に入った。唇が紫色になって体が震えはじめると、平たい岩にうつ伏せになり、焼き鳥の串のように転がりながら体を乾かした。体が熱くなってくると、また海に飛びこむ。運動がからっきしダメな私は犬かきがやっとだったが、同年代の友人のなかには潜ってワカメやサザエをとる子もいた。私が今までに食べたウニのなかで一番おいしかったのは、ソナンモリ近くの平たい岩で体を乾かしている時に友だちがわけてくれた、とりたてのウニ。真っ黒な殻を石で叩いた瞬間、あふれだす黄金の身！　磯の風味たっぷりのあの味は今も忘れられない。

遊び疲れてとぼとぼと帰っていると、その時分になってからチャグリに遊びに行く友人たちに、また海に行こうと引き止められる。

「ミョンスク、チャグリに行こうよ」

急いで家に帰らなければならない日には断ったが、たいていは彼らとともに海に引き返した。海が赤く染まる頃になってようやく、「母さんに叱られちゃう」と言いながら、急いで髪を乾かした。そんなふうに済州の海は私たちの幼い魂を豊かにし、体を鍛えてくれた。

チャグリだけではない。今は観光用潜水艦の船着場になっている場所に、昔はクジラの工場があった。満ち潮が引くと、私たちはスカートをくるくる丸めてパンツの中に突っこみ、巻き貝をとった。今は向かいに広い駐車場ができ、車道も通ってしまったが、天地淵の入口にあるセンスグェの道はどんなに素敵だったことか。道端に茂るチガヤの若穂は、子どもたちには絶好のおやつだった。

母は、四人の子どもの誰かひとりでも悪さをすると、連帯責任で全員に罰を与えた。家の中の険悪な雰囲気を察知すると、臆病な私はいつも、家から十分の天地淵へと走って逃げた。木々がうっそうと茂るセンスグェの道に身をひそめ、チガヤの若穂やクロイゲ（済州のブルーベリーと言われる）の実を食べながら、空想に浸った。童話の本で読んだヨーロッパの古城のお姫様になったり、ソウルのような大都会で教養あふれる両親のもとで暮らしたりする夢……。

CBSラジオ放送『コン・ジヨン*のとても特別なインタビュー』に出演した時のことだ。サンティアゴの話が脱線し、天地淵に逃げていた頃の話になった。「まあ、お母さんに叱られないように天地淵に逃げていただなんて……。まるで『夕暮れ時にピサの斜塔にもたれかかって泣いた』みたいに贅沢な状況ですね。センスグェの道、ぜひ行ってみたいわ」

コン・ジヨンさんの言葉は、済州の島の娘の使命感にふたたび火をつけた。

コン・ジヨン▒一九六三年生まれの女性作家。『トガニ 幼き瞳の告発』、『楽しい私の家』など邦訳本も多い。

幼い頃に歩いた道を、陸地の友人たちにぜひ歩いてもらわねば。海の道、島の道をつくれば、都会暮らしに疲れた人の癒やしになるだろうという自信も生まれた。済州島の沖にあるという伝説の島、離於島（イオド）*だけが桃源郷ではない。日常に疲れた人を慰め、希望を与える場所ならば、そこが離於島ではないか。

最高じゃん、あの道！

済州に道をつくると宣言する私に、十姉妹が茶々を入れてきた。

「言うだけじゃなくて、どんな道か一回見せてみなさいよ」

「遊びといえば、私の出番じゃないの。見ればすぐわかるさ、成功するか、失敗するか」

「人が歩くような道が済州に残ってるかどうか、見てみようじゃないの」

運命の日は二月初旬。まずは〈ミョンスクの逃走路〉を二、三時間歩いてみることにした。イユ・ミョンホ先輩がメールで呼びかけてくれたおかげで、一〇人が集まった。仲間うちで校長先生と呼ばれているキム・ソンジュ先輩をはじめ、彼女の女子高の後輩で〈永遠の子分〉を名乗る歌手の楊姫銀（ヤンヒウン）や、世話焼きでおしゃべり好きなオハン・スッキも。つきあってみればおおらかで優しいが、世間的にはかなり気難しいイメージの女たちによる済州の道の評価団が誕生した。

ひそかに緊張していた。自宅に誰かを招くだけでも気をつかうのに、ましてや、わが故郷、耽羅国（三国時代に済州島にあった国）に陸地からの使節団をお迎えするのだから。

済州大学研修院で一泊し、いよいよ故郷の西帰浦カミーノを歩くという日。朝から雨がぽつぽつ降りだし、姉のエスンが自宅から傘を届けてくれた。赤い傘、黄色い傘、破れた傘に日傘まで。それぞれ気に入った傘をさし、巡礼路を歩きはじめた。

甫木里（ポモンニ）からスタートし、コムニョ海岸、KALホテル、小正房瀑布（ソジョンバン）、ブック

離於島▒昔、済州島の人々は漁から帰ってこないと離於島に行ったと信じていた。

カフェ・ソリの城、正房（チョンバン）瀑布、徐福展示館、ソナンモリ、チャグリ、西帰浦港、南城里（ナムソンニ）、ウェドルゲにいたるコースだ。途中のKALホテルでは敷地外に抜ける通路がなく、ホテルの石垣を乗り越えた。出入口には済州伝統のチョンナン＊みたいに丸太を横に渡すだけにして、開放すればいいのに。オンニたちはぶつぶつ文句を言った。

イユ・ミョンホ先輩が大声で言った。

「まあちょっと待ってなさいって。ミョンスクが正式に道をつくったら、ここも通れるようになるわよ！」

港近くで、昔からの行きつけの食堂ハルマントゥッペギで、太刀魚スープを食べることにした。太刀魚のスープなんて一度も食べたことがない、生臭い魚をスープにするなんて想像できないと、土鍋の味噌汁を注文する者もいた。だが、いざ太刀魚スープを味見すると、みんな自分の料理そっちのけで太刀魚スープに群がった。

「こんなにあっさりしておいしいとは知らなかった」

私は大いばりで言ってやった。

「ほら見なさい。地元の人間の言うことは聞くものよ」
韓方専門医でジャーナリストでもあるコウン・グァンスン先輩は、道で拾った赤いツバキを皿にきれいに飾った。戸主制撤廃などの社会運動に積極的な彼女は、道徳に反する腐敗した人間には鋭い批判の刃を向けるが、実際は感受性豊かな心優しい女性だ。

西帰浦カミーノの終点は、私の一番好きな場所、ウェドルゲだ。観光団の面々は雨に濡れた松林や断崖の景色に、すっかり心を奪われたようだ。確かに、感性豊かな人なら誰しも魅了される風景だ。
監獄生活で心身ともに病んだ私は済州に戻り、しばらく家に閉じこもっていた。その時、ずたずたになった心を癒やし、慰めてくれた場所が、このウェドルゲ前の松林だった。観光団は、西帰浦の道が世界的なトレッキングコースとして通用するという私の考えに、一〇〇パーセント同意してくれた。

チョンナン▒済州島の独特の門。家の入り口に三本の丸太を掛け、その掛け方によって家の人の不在を告げる。泥棒、乞食、大門のない三無の美風良俗を伝える伝統文化。

「ソナンモリ前から見た海がきれいだった」

「雨に濡れたコムニョ海岸が印象的だった」

「南城里にのぼる道が素敵だった。地面に落ちた無数のツバキも。涙が出たわ」

口々に感想を言い合うなか、黙って聞いていたヤン・ヒウン先輩が、たった一言で場を制圧した。

「最高じゃん、あの道！」

六月のアスファルト

道をつくるつもりなら一日でも早いほうがいい。済州の小道や土の道は、建物やアスファルトの車道のせいで壊され、消えてしまった。開発の波はおさまる気配がなく、道を広げようとする動きは一向にやまない。歩くための安全な道を確保し、通れなくなった道を通れるようにし、むやみに車道を広げる動きにブレーキをかけなければならない。

六月はじめ、子どもたちと国道沿いを歩いたことで、その考えは信念へと変わった。

その頃、私が以前勤めていた『時事ジャーナル』の記者たちが、サムスン記事の削除*を受けて長期ストライキに突入した。すると、「時事ジャーナルを愛する人々の会」の熱烈なメンバーである、京畿道(キョンギド)のテコンドー教室の運営者が、会のネット掲示板にこう書きこんだ。

「正義のために闘う記者への激励の意味をこめて、子どもたちと一緒に三〇キロを歩いてデモ行進しよう」

歩く、という言葉にひかれ、私も参加することにした。道をつくると決めた者として、これまで避けてきた国道ウォークも体験しておきたかった。しかしそれは、ウォーキングなどと呼べるものではなかった。排気ガスと騒音でまともに目も開けていられないなか、笛の号令に従って、狭くて危険な路肩を歩く子どもたちがあまりにもかわいそうだった。歩くことに対していやな記憶だけが残ってしまうのではないかと、残念な気持ちになった。自然の音を聞き、爽やかな風を受け、ふかふかの土の道を歩いていたなら、どんなに幸せな一日になっただろう。

福音のような知らせが届いた。済州火山島と溶岩洞窟がユネスコ世界自然遺産に登録されたという。済州島関連の団体や島民たちが総力を挙げて努力してきた結果だ。世界自然遺産の島を歩いてまわるとしたら、どれほど素敵で感動的だろう。

そういう場所を旅するには、車より自転車、自転車より徒歩がふさわしい。美しい火山島を見に来た世界じゅうの観光客に、ハン・ビヤの言う「アイランドトレッキングコース」を「じゃじゃーん！」と紹介できたらどんなに素敵なことか！　この知らせは、必然、あるいは運命に感じられた。血湧き肉躍った。人生の後半戦をかけるにふさわしいことだと確信した。

サムスン記事の削除▓『時事ジャーナル』八七〇号に掲載予定のサムスンに批判的な記事について、サムスンから連絡を受けた時事ジャーナル社長が掲載中止を指示。記者らが拒否したが、当該記事をサムスンの広告に差し替えた。

ソウルでの生活に終止符を打ち、
夫ジュウンとも別の道をゆくことを決めたミョンスクは、
二〇〇七年七月、済州島に戻ると、社団法人済州オルレを設立。
弟たちとともに、済州ならではの景色と文化を堪能できる道を探した。
二〇〇七年九月、初のオルレとして、
島の東部を約一五キロにわたり楽しめる〈第一コース〉を誕生させた。
これを皮切りに、十月には〈第二コース〉、十二月は〈第三コース〉ができた。
広報活動には、ミョンスクの記者時代の人脈が生かされた。
二〇一二年には全二六コースが完成。
それは総距離にして四二五キロになった。
日々、訪れる観光客だけなく、地域の人々の意識も変えた。
もう済州島は、なにもない田舎ではなく、
遠くからでも訪れたい場所になっていた。
二〇一七年、㈳済州オルレは、地域活力に寄与したとして
大韓民国発展博覧会で総理大臣賞を受賞した。

〈オルレ〉の誕生

まず、名前を決めることにした。名前とは、スローガンであり、哲学だから。済州ならではの魅力を反映させつつ、道に対する私の思いも十分に込められたものでなければならない。私の思い描く道は、実用的な道ではない。遊んだり、休んだり、歩いたりしながら進む、そういう道だ。疲れた人がしばし肩の荷をおろせるよう、癒やしと安らぎを与える道。青い空と海、爽やかな風とともにある道だ。私はなぜ道をつくろうとしているのか。つくろうとしている道からは、どんな風景が見えるのか。済州の人々はどう生きてきたのか。私は周りの人たちに何度も説明し、いい名前がないか相談した。済州を歩く道。島の道。済州アイランドトレッキング。済州小道。空オルレ海オルレ。数々のアイデアが出たが、しっくりくるものはなかった。

建築家で都市計画学博士の金鎮愛(キムジネ)先輩が、ふと言った。

「〈済州オルレ〉ってのはどう？」

それだ、と思った。その場にいた人はほとんどが陸地出身だったので、なに言ってるの、とばかりのいぶかしげな表情だったが、オルレは、済州出身の私にとって親しみのある言葉だった。家の前庭から町の通りへと伸びていく小道、オルレ。

子どもの頃、母はよく言った。

「ミョンスク、お父さんが帰ってきたか、オルレに出て見てみなさい」

密室から広場への転換点。小宇宙である自分の家から宇宙へと踏み出す最初の通路。それがオルレだ。オルレに出れば、隣の家へも、町へも、隣町へも行ける。オルレをつなげば、済州だけでなく地球をひとまわりすることもできる。

先輩はこう付け加えた。

「そういう意味もあるけど〈チェジュに来ない（オルレ）？*〉っていう意味も込められるじゃない。外国人にも発音しやすいし、まぎらわしくもないでしょ。『ギル（道、通り）』を発音どおり『*gil*』ってアルファベット表記したら、外国人は『ジル』って読んじゃうんだもの。ギルなのにジル。へんてこよね」

さすがマサチューセッツ工科大学の博士。考え方がグローバルだ。その案を採用することを告げ、コースが完成したら真っ先に招待すると約束した。

初代踏査隊長・トンチョル

二〇〇七年七月。ソウルで身のまわりの整理をし、踏査のため済州へ向かった。サンティアゴを耐え抜いた丈夫な脚と、済州オルレというお気に入りの名前を引っさげて。

私は一五年間、西帰浦で暮らしたが、その倍以上となる三〇年あまりをソウルで過ごした。幼い日の思い出や済州への漠然とした愛情はあるものの、ただそれだけ。現在の済州についてはほとんど知らなかった。自尊心が強く、排他的な済州社会で、ともすれば、よそ者扱いされがちな経歴だった。

チェジュに来ない?▒韓国語の「オルレ(来ない)?」と、通りと家を結ぶ通路「オルレ」がほぼ同じ発音であることにかけたもの。

今までどこでなにをしていたか知らないけど、今ごろやってきて、と白い目で見られる可能性もあった。でも私には、これまでの記者生活で築いたネットワークや、ソウルでの経験、物事を客観的に見る力がある。それらは、世界に通用する済州の道をつくってPRしていくうえで大いに役立つはずだと、考えた。

済州は夏真っ盛りで、燃えるような日差しが照りつけていた。踏査には寒い冬よりも厳しい季節だが、ぐずぐずしている時間はなかった。

踏査前に、済州島の地図を広げてじっくり見てみた。漢拏山をはさんで、北に済州市、南に西帰浦市。まず西帰浦に重点を置くことにした。景観面でも、地域の均衡ある発展という意味でも、私には馴染みのある場所という理由からも、それしかないと思えた。

まず、西帰浦の東端の城山(ソンサン)から西端の大静(テジョン)まで、ひととおり歩いてみてから、コースを決めることにした。海岸沿いは直線距離でも一〇〇キロ近くあった。知っている場所もある程度あったが、大浦(テポ)、月坪(ウォルピョン)、下猊(ハイエ)、猊来(イエレ)、大坪(テピョン)など、はじめて聞く地名も多かった。地名もろくに知らず、道をつくろうとしていた無謀な私。地図を前に、深呼吸した。知らない道は聞こう。知らないことは学ぼう。

ひたすら道だけを追求し、道だけを愛そう。

最初はバスでまわる計画だったが、わずか一日で変更することになった。どの家も車を持つようになり、一周道路のバスも、市外バスも本数が減っていた。旅行ならそういう不便さも楽しめるだろうが、今は寸暇を惜しんで道をつくらねばならない。移動のための車がどうしても必要だった。

だが、車も、運転免許も、レンタカーを借りる金もない。弟のトンチョルに、しばらく利用できる車とドライバーの手配を頼んだ。

「姉さんが実にいいことを思いついた」

トンチョルはそう言って、車と運転手を快く用意してくれた。ソウルから戻ってきた甥のセホンがちょうど、弟の運転手のようなことをしていたのだ。セホンは一時、映画界に身を置いていた元カメラマン。行く先々の道の風景をデジカメで撮ってほしいと頼んだ。記録や資料用に必要だったから。

トンチョルは車を貸してくれるだけの予定だったが、同行するうちに踏査に興味をもちはじめた。トンチョルは自分しか知らない古道の場所を教えてくれた。しかし、私はそれがどこかわからない。すると、みずから案内役を買って出てくれた。彼について行くと、びっくりするような秘密の道が隠れていた。確かにこいつは昔から、そこらじゅう、ほっつき歩いてたもんな。好奇心旺盛で、運動もできて、やんちゃで。それに比べて私は、内弁慶で、運動音痴の文学少女だった。考えてみると、私のしようとしていることはトンチョルのほうが適任だった。

トンチョルは、セホンが撮影する写真にも口を出しはじめた。

「こんな構図じゃダメだ。邪魔な物はどけてから撮らないと。撮るべきものをわかってから撮れよ」

腹を立てたセホンは、カメラを渡した。

「やってできないことがあるもんか」

カメラを受け取り、それ以降、トンチョルはカメラの魅力にはまった。

トンチョルは済州島でその名を知らぬ人はいない、暴力団員だった。一〇代後半から組織をつくって西帰浦を掌握。新聞に名前が載ることもあった。三〇代はじめには勢力争いに巻き込まれ、ニュースの主人公にもなった。内乱罪に次いで重い、犯罪団体構成罪で起訴されたのだ。この罪が適用されたケースとしては全国で三番目だった。狭い済州島では、それこそ一大事件だった。

当時、フリーランス記者だった私は、最初の子を妊娠し、臨月を迎えていた。

「トンチョルが、みんなをどん底に突き落とした」

泣き叫ぶ母の電話を受け、慌てて金浦空港に向かった。

航空会社からは、飛行中になにかあってもその責任は本人が負うという念書を書かされた。すぐ帰るつもりが、弟の件で対応すべきことが多すぎて、ソウルに戻れないまま済州で出産した。その時の子が、友人たちと仲良くできず内向的な性格であるのを見るにつけ、自分を責めた。胎教が一番大事な時期に、母親である自分が涙と恨みで夜もろくに眠れなかったせいではないかと。

トンチョルが私たち家族にもたらした被害は、これで終わりではなかった。両親は、トンチョルの知人に貸してやった当座小切手を決済できずに不渡りを出し、『徐明淑商会』の三五年の歴史に幕をおろすことになった。父と母が生涯をかけて、血と汗で築きあげてきた店だった。

私は済州に戻っても、家族にひどい苦しみをもたらした弟とは関わらないつもりだった。彼を見るだけで胸がうずいた。

弟のほうにも、私に多少の恨めしい気持ちはあったはずだ。個人的に助けてやったのは、あの時のあの事件が最初で最後だった。長年、記者生活を送ったが、ただの一度も弟のために嘆願運動をしたり、誰かになにかを頼んだりしたことはなかった。

互いに違う道を歩み、つかず離れずの関係だった弟が、いつの間にか踏査の同行者になっていた。済州の道の上で、私は弟の新たな一面を発見した。彼は誰よりも済州を愛していたし、道をたくさん知っていて、済州の歴史や文化にも詳しかった。ツバキの花の蜜とミカンを好むメジロの習性、鼻濁音で終わる単語や母音の数が多いため音楽のように聞こえる済州の言葉の特徴。それらを説明する弟の顔は少年のように輝いていた。

弟に対する根深い憎しみは少しずつ薄らいでいった。暑い夏の日にオルレを踏査しながら、いつしか、海で遊び、リスを追いかけていた幼い頃の仲良し姉弟へと戻っていった。予算に余裕がなく、周囲の理解もあまり得られず、オルレづくりは、覚悟していたよりも大変で孤独だった。だが、長年、仲たがいしていた弟と、同じ方向を向いて歩けるようになったこと、それだけでも幸せだった。オルレの道は、誕生する前からすでに、私たち家族の深い傷を癒やしてくれた。

二代目踏査隊長・トンソン

トンチョルにつづいて、末の弟トンソンが踏査を担当することになった。姉の考えを聞くなり「済州島の歴史を変えることだ」と興奮して、すぐにオルレの作業に加わったトンチョルとは違い、トンソンは新コースのオープニングにちらっと顔を出す程度だった。

私たち家族の歴史を振り返れば、トンソンの態度は十分に理解できる。あの子にしたら、姉や兄のはじめることがすんなり信じられるわけでも、好ましく思えるわけでもないだろう。トンソンは四人姉弟の末っ子だったが、自分勝手に生きてきた他の家族たちの被害者であり、若い頃から事実上の家長でもあった。

学生時代、クラスの中心的存在ではなかった姉や兄とは違い、トンソンは小学校の六年間、ずっと学級委員に選ばれていた。成績優秀で、サッカーやマラソンも得意だった。

トンソンが中学生のとき、トンチョルはタンボル派のボスとして西帰浦一帯を荒らし、私は済州市内で高校に通っていた。父は、昼間は真面目な店の配達員だったが、夕暮れになると、そっと姿を消した。朝鮮戦争の戦火を逃れて、たったひとりで避難してきた父は、アルコールに依存し、異郷暮らしの寂しさを酒で紛らわせていた。配達用の自転車を道端に立てかけて、港から一、二キロ北の一号広場（中央ロータリー）まで飲み屋のはしごをしていた。

一家の男たちのなかで唯一頼りになる末っ子に、母は店じまいするのを手伝ってもらっていた。放課後、運動部の練習を終えたトンソンは、あたりが暗くなるまで店先に並べてあった味噌や醤油、唐辛子味噌、味の素、小麦粉、豆もやしなどを片づけて、鉄製のシャッターを下ろしていた。

済州市内の高校に進学したトンソンは、西帰浦にある店の手伝いからは解放されたが、多感な思春期に、兄と姉のせいでひどい苦労を味わうことになった。

トンソンが高三にあがる直前の一九七九年二月、トンチョルが暴力沙汰で済州刑務所に、その約二カ月後には私が大学内デモで城東拘置所に収監された。受験勉強に集中すべき時期に、トンソンはさまよえる日々を送った。成績はがた落ちだったが、外国語大学の経済学科に入学できた。だが、トンソンの受難はそれで終わりではなかった。

大学卒業後、大手証券会社への就職が決まったトンソンが初出勤を目前に控えていた頃、兄トンチョルが重罪で逮捕された。母が必死に引き止めるのも聞かず、トンソンは兄の裁判を支援するため、就職を諦めて故郷に戻ってきた。トンソンは兄の濡れ衣を晴らすべきだと主張した。

先輩のひとりが、ソウルでの就職を諦めて戻ってきたトンソンを気の毒に思い、済州の新聞社の採用試験を受けるよう勧めてくれた。長い労使紛争の末、多数の記者が退職して新たな新聞を創刊するという事態が起きた直後だった。その欠員補充のために大々的な求人が出されたのだ。トンソンはあまり気が乗らないようだったが、済州には高学歴者に見合う職場が少ないうえに先輩たちの強い勧めもあって、応募した。なんと筆記試験の成績は二位。「合格は確実」とまで言われていた。だが蓋を開けてみると、二〇人を超える合格者リストにトンソンの名前はなかった。

新聞社に入れなかったのは、兄トンチョルにつきまとう暴力団のイメージのせいだと思っていたが、トンソンの話はそれを完全にくつがえした。「原因は兄さんじゃなく、姉さんだよ。他の人の面接は二、三分。長くても五分なのに、俺だけ三〇分以上、質問攻め。兄さんの話は少し出たくらいで、姉さんのことばかり聞かれたよ。お姉さんが『時事ジャーナル』で働いているというのは本当か。お姉さんはうちの会社について、どう言っていたか。こりゃ落ちるな。その場で、そんな予感がしたよ」

勤めていた『時事ジャーナル』で、その新聞社の労使紛争について二度ほど詳しく報じた記憶がよみがえった。記事は、メディア問題に詳しい同僚が批判的に書いたものだが、済州出身の私が書かせたものと誤解されたようだ。ゆがんでしまったトンソンの人生行路に胸が痛んだ。姉も兄も、末の弟の助けになってやるどころか、邪魔ばかりしていた。

その一件を最後に、完全に就職を諦めたトンソンは、向いてもいない仕事ばかりに飛び込んだ。刺身店、清掃代行業、日本食店。ことごとく失敗し、ついに一文なしとなって借金まで抱えた。トンソンは、宝くじで一攫千金を狙う無力な家長に成り下がってしまった。

コース数が増えるにつれて、オルレを歩く人が急増した。事務局は人手不足で困っていた。だが、人を雇う余裕はなく、報酬なしで手伝ってくれる家族を巻き込むしかなかった。ちょうど、トンソンは人生の大逆転を夢見つつ、ぶらぶらしている身だった。

急用ができるたび、トンソンに応援を頼んだ。責任感が強く、誠実で、人間関係も円満なトンソンは、あらゆることをスピーディーかつスマートに処理した。かつて、父が道端に放置してきた自転車を引いて戻り、店先に並んだ品物をひとつひとつ片づけたように。二〇〇〇人近くが参加する、新コースの大規模なオープニングから、小規模だが数日分の食事や宿泊まで細かな対応が求められる子ども向けのオルレツアーまで、野外イベントを事故なく、やり遂げることができたのは、ひとえにトンソンのおかげだった。

全長(キロ)・難易度	所要時間	完成期日
15.1・中	4–5時間	2007.09.08
11.3・中	4–5時間	2009.05.23
15.2・中	4–5時間	2008.06.28
A20.9・上/B14.6・下	A6-7/ B4-5時間	A2008.09.27/B2015.05.23
19・中	5–6時間	2008.10.25
13.4・中	4–5時間	2008.08.23
11・中	3–4時間	2007.10.20
17.6・中	5–6時間	2007.12.18
14.9・中	4–5時間	2008.12.27
19.6・中	5–6時間	2008.03.22
6.7・中	3–4時間	2008.04.26
15.6・中	5–6時間	2008.05.23
1-2	1-2時間	2010.03.28
17.3・中	5–6時間	2008.11.30
17.5・中	5–6時間	2009.03.28
15.9k・中	4–5時間	2009.06.27
19.1・中	6-7時間	2009.09.26
9.3・下	3-4時間	2010.04.24
A16.5・中/B13・下	A5-6/ B4-5時間	A2009.12.26/B2017.04.22
15.8・中	5–6時間	2010.03.27
18.1・中	6-7時間	2010.09.25
19.7・中	6-7時間	2011.04.23
18.2k・上	6-8時間	2010.06.26
19.4・中	6-7時間	2011.09.24
17.6・中	5–6時間	2012.05.26
11.3・下	3-4時間	2012.11.24

オルレ・コース一覧

コース	
1	**始興**［シフン］**ークァンチギオルレ**
1-1	**牛島**［ウド］**オルレ**
2	**クァンチギー温平**［オンピョン］**オルレ**
3(A/B)	**温平ー表善**［ピョソン］**オルレ**
4	**表善ー南元**［ナムウォン］**オルレ**
5	**南元ーソェソカクオルレ**
6	**ソェソカクー西帰浦**［ソギポ］**オルレ**
7	**西帰浦ー月坪**［ウォルピョン］**オルレ**
7-1	**西帰浦ターミナルー西帰浦オルレ**
8	**月坪ー大坪**［テピョン］**オルレ**
9	**大坪ー和順**［ファスン］**オルレ**
10	**和順ー摹瑟浦**［モスルポ］**オルレ**
10-1	**加波島**［カパド］**オルレ**
11	**摹瑟浦ー武陵**［ムルン］**オルレ**
12	**武陵ー龍水**［ヨンス］**オルレ**
13	**龍水ー楮旨**［チョジ］**オルレ**
14	**楮旨ー翰林**［ハルリム］**オルレ**
14-1	**楮旨ー西広**［ソグァン］**オルレ**
15(A/B)	**翰林ー高内**［コネ］**オルレ**
16	**高内ー光令**［クァンニョン］**オルレ**
17	**光令ー済州旧都心オルレ**
18	**済州旧都心ー朝天**［チョチョン］**オルレ**
18-1	**楸子島**［チュジャド］**オルレ**
19	**朝天ー金寧**［キムニョン］**オルレ**
20	**金寧ー下道**［ハド］**オルレ**
21	**下道ー終達**［チョンダル］**オルレ**

初代踏査隊長のトンチョルが手を引き、私は本を執筆することになると、踏査は図らずもトンソンが引き受けることになった。人気歌手の代役でステージに立った無名の歌手がヒットをとばすように、トンソンは兄の空白を期待以上に立派に埋めてくれた。子どもの頃からリーダーシップを発揮してきたトンソンは、多くの友人や後輩から慕われていた。彼らも加わって、踏査隊員は七人となった。

踏査の同行者はみんな、トンソンの見事な活躍ぶりに舌を巻いた。サッカーのフォワード出身らしい足の速さに、優れた視力。一度通った道は絶対に忘れず、マラソンで鍛えた体は一日じゅう歩きまわっても疲れ知らず。生まれながらの踏査隊長とでも言おうか。ようやく天職に出会ったのだ。

道に関しては、トンソンは生真面目すぎるほどの原則主義者だった。自分の町にオルレを通してくれと住民に頼み込まれても、オルレらしい道でなければけっして受け入れない。新たに道を通す時は、どんなに大変でも機械に頼らず手作業。必要な資材は、その地域にある自然の素材だけを使う。道幅は一メートル以下とする。かなりのヘビースモーカーだが、携帯用灰皿を持ち歩き、ポイ捨ては絶対にしない。それまでのトンソンは生態や環境に関心などなく、一儲けを狙う開発推進派に近かったが、道と出会って、がらりと変わった。

昼は少しも休まず踏査をして、終わると隊員たちと酒を飲む。そして、どんなに忙しくても夜遅くには、オルレのホームページに踏査のエピソードを書き込んだ。怒れる踏査隊長。イラつく踏査隊長。感傷にひたる踏査隊長。沈黙修行中の踏査隊長。様々なペンネームで。大柄な体格に似合わぬ、繊細でユーモラスな文章に、ファンになった人たちはこう言う。

「踏査隊長の本を出したら、お姉さんの本より売れるんじゃないですか」

運命について考える。もしあの時、トンソンがすんなりと新聞社に入っていたら、あるいは新聞社に落ちた後にはじめた事業で成功していたら、このとんでもない挑戦を手伝うことができただろうか。十中八九、無理だっただろう。トンソンが入社試験に落ちたのもみずからの運命、姉のはじめたことをサポートするのもまた運命だろう。いずれにしても、優秀な踏査隊長を従えることになった私の運命が大きく開けたことだけは事実だ。

李泳禧先生

真っ暗な独裁政権のトンネルの中にいた時代。あの頃に青春を送った人なら誰でも、李泳禧（リヨンヒ）*先生の本に衝撃を受けたはずだ。『転換時代の論理』、『偶像と理性』、『八億人との対話』を読むことで、時代を見る目が開け、世界の流れを見通す目が養われた。なにより感動したのは、監獄行きをもいとわず教壇に立った実践的な知性だ。威厳ある風貌で、気難しい学者肌を思わせる先生に、私は親近感というより畏敬の念を抱いていた。先生は近寄りがたい、遠いお方だった。

はじめてお会いしたのは、無職の生活を楽しんでいた二〇〇三年の花咲く春の日だった。二〇〇〇年に突然、脳卒中で倒れて以来、長期療養をなさっている先生に会いに行こうと、後輩のオハン・スッキから誘われた。私はもともと、気難しい人に会うのはなるべく避け、つまらなさそうな席には顔を出さないタイプ。なんとか行かずにすむよう口実を並べてみたが、スッキの誘いは断りきれなかった。

「楽しくて気さくな方なの。お目にかかったら、本よりも好きになるはず」

先生のご自宅は、ソウル南部の清渓山(チョンゲサン)のふもとにあった。近くの川魚料理の店のあずまやで、春の昼食会がはじまった。足腰が弱ったのでめったに出かけないという先生と夫人は、ひさしぶりの外出をとても楽しんでいらっしゃった。

「いやあ、すっかり春だなあ」

先生はうれしそうに、遠くのモモやレンギョウの花をしばらく眺めていらしたが、川魚のピリ辛スープが出てくると、「おお、このスープは本当にうまい」と何度もおっしゃった。独特の抑揚がある平安道(ピョンアンド)の方言は、素敵なものをより素敵に、おいしいものをよりおいしくする呪文のようだった。日常のなにげないことにも細やかで温かな視線を向ける先生を見ているうちに、巨大権力に立ち向かった気難しく剛直な学者という固定観念はいっぺんに崩れた。倒れてから、好きだった酒をやめたという先生は、私たちが生マッコリを飲む様子をうらやましそうにしていた。

李泳禧▒一九二九~二〇一〇年。現在の北朝鮮平安北道生まれ。韓国の代表的な民主派評論家、ジャーナリスト、漢陽大学名誉教授。一九七二年以降、漢陽大学で文理学部と中国問題研究所の教授を兼任していたが、軍事政権下でたびたび弾圧を受け、反共法違反容疑で複数回、解職され、同罪で服役もした。

「それ、うまそうだなあ。すーっと喉を通っていきそうだ。一杯だけ、だめかな」

隣の夫人に許しを請う先生は、大学者と言うより小学生のようだった。若い頃は過酷な外信記者生活、中年では監獄生活、老年になると闘病生活で苦労をかけたから、これからは夫人の意見に無条件で従うことにしたとおっしゃる。夫人のユン・ヨンジャ女史は、なんと済州島出身。子どもの頃に故郷を離れたが、済州でよく食べるスズメダイの塩辛の味を今も覚えているという。生まれついての済州人だ。


二〇〇七年の夏。歩くための道をつくるので済州に戻ることにしたとお伝えすると、先生は力強く励ましてくださった。

「素晴らしいアイデアだ。散策こそ、われわれを深みのある人間にしてくれる偉大な行為だ。そういう道を歩けば幸せになるだろう。韓国人は前ばかり見て突っ走るが、歩きながら考えたり、横を見たり、後ろを振り返ったりもせねばならん。今はそういう時代だ」

それは、ご自身の体験から出た切実な言葉だった。強靭な体力を誇っていた先生は、脳卒中で倒れて右半身が麻痺し、周囲の人々の心を痛ませた。退院後は、自宅近くの清渓山を一歩一歩、懸命に歩く練習をした。涙ぐましい努力の末、手を除く右半身の機能をほぼ取り戻すという、驚異的な回復を遂げた。

第二の人生を謳歌しはじめたのは肉体だけではない。反独裁闘争と民主化運動に没頭するあまり、じっくり見ることのなかった山河の風景や小さな野の花の可憐さにも目を向けるようになった。

その後も先生ご夫妻は私を気にかけてくれ、励ましの電話をくださっていたが、二〇〇八年五月には実際にオルレにいらっしゃった。著名人とオルレを歩くビッグマウスイベントの時だ。はじめてお会いした時のように、うららかな春の日だった。西帰浦ではピンク色のツツジやサツキ、雪のように白いミカンの花が咲き誇っていた。

第七コースの起点のウェドルゲからスタートした先生は、韓国でもっとも美しい散策路といわれるトンベナンギル（ツバキの木の道という意の済州の言葉）を歩きながら、おっしゃった。「いやあ、いいねえ」

だれかが手を貸そうとすると、思いっきりその手を振り払った。私たちは先生のペースに合わせてゆっくりと、遊んで休んで歩いた。ソッコルを過ぎ、スボン路へと向かう上り坂で、先生はいたずらっぽい笑みを浮かべて、こうおっしゃった。

「ソさんの本に、〈遊んだり、休んだり、歩いたり〉と書いてあったけど、オルレには〈飲んだり〉はないのかね？　空気も景色もこんなにきれいだというのに」

マッコリの手配くらい朝飯前だ。携帯電話で踏査隊長に私たちの現在地を知らせると、マッコリとつまみを持った隊長が汗を流しながら現れた。

「済州マッコリじゃないか。ということは、三多水（サムダス）（地下四二〇メートルの岩盤層からくみあげた火山岩盤水）でつくったのではないかね。済州の人たちは豊かだなあ。他のところでは金を出して買う水で酒をつくるなんて」

その日、コンムル海岸を見下ろすチョンナの丘で、先生は三杯も〈暴飲〉なさった。ほろ酔いで「こういうところで余生を送るのはどうだろう、君の故郷でもあるじゃないか」。夫人にそれとなく言っていた。

その年の十一月、『済州オルレの旅』の出版記念会を開くことになった。朝晩は冷えるので、先生をお招きするのは難しいと思っていた。先生は倒れてから寒さに弱くなり、冬は知人の運営するバリ島のリゾートでしばらく避寒されることもあった。だが、十姉妹から出版記念会のことを伝え聞き、パーティーに参加してくださるという。こちらからはお招きできなかったが、来ていただけるのはとてもうれしいことだった。

会場は第七コースの起点、ウェドルゲの松林。司会のオハン・スッキが先生に歌をお願いすると、待ってましたとばかりに、昔話をもとにつくられた一九六〇年代の歌謡曲『カプトリとカプスニ』を振り付きで披露してくださった。誰もが尊敬し、畏敬を抱く大先輩が盛り上げてくださったおかげで、記念会は一気に野外カラオケ場と化した。松風を浴びながら飲み、歌い、笑ううちに、空には満月がぽっかりと浮かび、海には太刀魚漁船の漁火(いさりび)が灯った。私の人生でもっとも華やかで美しい夜だった。

李李效再先生

女性学の権威、李李效再(イイヒョジェ)*先生もまた、私の恩師だ。私は読書は好きだが、学校は嫌い。教壇に立つ人もあまり好きではない。だが、イイ先生は研究や講義に心血を注ぎつつ、歴史の現場や生活の場でも行動する知識人だった。梨花女子大学の教授だった先生は『朝鮮王朝の家父長制の研究』という不朽の論文によって、韓国社会を支配する家父長制の根源を丁寧に読み解いた。家父長制の鎖で縛りつけられていたこの国の女性たちに、解放の鍵をあたえた。また、多くの女性運動家を育てあげた女性運動の母でもあった。

先生をはじめてお見かけしたのは、九〇年代はじめ頃だった。女性団体が主催したイベント会場でのことだったが、遠目でもすぐに、先生だとわかった。女性運動家といえば、とかく堅物で中性的な闘士というイメージだが、先生は非常におしゃれで素敵だった。それでいて、男性中心の韓国社会で長年闘ってきたオーラも漂っていた。私もあんなふうに年を取りたいと思った。

遠くから片思いをしていた先生とのご縁ができたのも、オハン・スッキのおかげだった。私の本『済州オルレの旅』が出版されるとすぐ、スッキはそれを大学時代の恩師であり、人生の師でもある先生に送った。本を読んだ先生はなんと私に直接、電話をくださった。

「本当に意義深いことを成し遂げた。あなたが女性なので、なおさら誇らしい」

そう励ましの言葉をかけてくださった。

スッキによると、先生は温かい言葉をかけたり、経済的なサポートをしたり、仕事を紹介したりすることで、女性の後輩たちを常に支持、鼓舞、激励、賛同なさっていたという。スッキが離婚し、知的障害のある娘を抱えて苦労していた時も、先生はまとまったお金を援助してくださり、働き口も紹介してくださったそうだ。

そうした教え子が、ひとりやふたりではないというから、まさに〈おおきな

李李效再■一九二四年生まれの社会学者、女性学者。梨花女子大学社会学科教授や韓国女性団体連合の会長などを歴任。九一年には韓国挺身隊問題対策協議会を設立し、共同代表となった。九〇年代、両親の姓をふたつとも名乗る運動を提唱し、以降はイ・ヒョジェではなくイイ・ヒョジェと名乗っている。

木〉*のような存在だ。だが、教え子でも女性運動家でもない私まで、先生のお世話になるとは思ってもみなかった。

先生が理事長を務める〈鎮海奇跡の図書館〉*から、オルレの講義依頼があった。鎮海といえば、済州からは飛行機の直行便もなく不便だったが、すぐ引き受けた。鎮海奇跡の図書館は、地方にもしっかりとした文化基盤が必要との思いから定年退職後にソウルから故郷の鎮海に移り住んだ先生がつくられた施設。その図書館からの依頼をどうして断れようか。ただ、鎮海に行っても、先生にお目にかかれるとは思っていなかった。急に体調を崩され外出は控えていると聞いていたからだ。ところがどうしたことか、図書館の入口で先生が私を待っておられるではないか。

「じかに話を聞きたくて、少し無理を押して出てきました」

ぶるぶると全身が震えた。韓国屈指の知識人であり、数十年もの間教鞭をとっておられた先生の前で講義をしなければならないとは。先生は講義がはじまると、図書館のボランティアをしている若い母親たちに交じって座られた。後輩を力づける達人だという先生らしい心遣いだった。

講義後の昼食の席で、先生はこんな話をされた。

田舎暮らしの一番のぜいたくは自然の中を歩けることだ。日によって歩くコースが違うが、それらをつなげば素敵な鎮海オルレができるだろう。済州オルレの風景には及ばずとも、地域住民に歩く楽しさを伝えることはできるはずだ。図書館のボランティアでチームをつくって道を踏査し、ガイドブックも出そう、と。

九〇歳を超えても若々しく、目を輝かせる先生は美しかった。

数カ月後、先生は同居する養女をつれて済州にいらっしゃった。鎮海オルレをつくるには、実際に済州オルレを見ておくべきだろうと。女神の島*済州を以前から特別に思っていたという先生は、済州の素顔に触れられるオルレに、驚

おおきな木▒一九六四年にアメリカで出版されたシェル・シルヴァスタインの絵本。リンゴの木が、かつて自分と仲良しだった少年が大人になった後、彼に自分の実や枝、ついに幹までも与えるというストーリー。
鎮海奇跡の図書館▒子ども用図書館の必要性を伝えるため、自治体とテレビ番組が協力して作った。
女神の島▒創造の神ソルムンデ、生命の神サムスン、風の神ヨンドゥンなど、済州島の神々はほとんどが女神である。

きと称賛の言葉を何度も口にされた。

「どうしてこんなに美しいのかしら。どの風景もとても女性的ね。女性的なエネルギーは人を抱きしめ、いたわり、癒やすものよ」

オルレをつくったおかげで、女性学の〈生きた講義〉を道の上で聴くことができた。「創造の女神ソルムンデハルマンの島、済州に移り住んで余生を過ごし、この地に眠りたい。遺体は済州大学病院に献体する」とまで、おっしゃった。

女たちが強靭な生活力でみずから人生を切り開いてきた済州島に、女性学の母が移住するとしたら、どんなに素晴らしいだろう。

「リ・ヨンヒ先生も、済州に移り住みたいとおっしゃっていましたよ」

すると先生は猛反対。

「あの方は男尊女卑よ。済州には似合わないから、どこか別のところへ移住するようにと申し上げなさい」

済州島も広いから、どちらかは東に、どちらかは西に住まわれたらよいだろう。

二〇一〇年四月、イイ先生は再び済州にいらっしゃった。体力が弱って歩けないが、済州オルレの事務局だけでも寄りたいとのことだった。第六コースの中間にある事務局の建物（建築家・金重業（キムジュンオプ）の作品）の前に立った先生は、満足そうだった。

「韓国一のすばらしい気の土地に建っているわね」

そこから見える海の色は、西洋画家がもっとも好むというアイスブルー。その海を見下ろしながら先生は悲しげな表情をなさった。「ぜひとも済州で暮らしたかったけど、体が言うことをきかなくなって移り住む自信がなくなったの。なにかにつけ周囲の手をわずらわせるのもいやだしね」

切に願いながらも叶わぬ愛もある。女神の島の済州と、女性学の母であるイイ先生も、出会うのが遅すぎたのだろうか。

数日後、事務局に一通のハガキが届いた。

ソ・ミョンスクさん。

つかの間の再会のよろこびが写真に焼きつけられていましたね。オルレ女王の愉しみを分かち合うことができ、春の躍動感を満喫しました。イイ・ヒョジェ未熟な後輩が片田舎で無謀にも一大事業をはじめたはいいが、あまりの大変さにへこたれてしまうのではないかと心配し、オルレ女王ともちあげてくれた懐の深さに、あらためて感動した。リ・ヨンヒ先生とイイ・ヒョジェ先生。時代の激流にあらがおうと、あるいは、家父長社会の網の目を破ろうと、身も心も燃やしたおふたりが健康を取り戻し、ともにオルレを歩く春の日がまた来ますように。その道の上で、男尊女卑論争を繰り広げていただきたい。

趙廷来先生

大河小説『太白山脈(テベク)』を読んだのは、青春のトンネルをくぐり抜ける頃だった。趙廷来(チョジョンネ)*先生の歴史意識、壮大なスケール、綿密な取材、多くの人物や事件を緻密に結びつける構成力、心の琴線に触れる繊細な文章。大家はやはり違うと、兜を脱いだ。

オルレの準備をしていた頃、朝刊に掲載された先生のコラムに鳥肌が立った。

その内容は、大河小説を書き終えたら、詩人の妻と手を取り合って国じゅうを歩きたいと思う。だが、どこもアスファルトで覆われたり掘り返されたり、夢を叶えるのは難しそうで悲しい、というもの。ああ、道ができるのを切実に待っている人がいるんだなあ。先生、私が片田舎で、まさにそういう道を準備していますよ。

あふれんばかりの夢を胸に済州に戻ってきたが、誰かと会って話をすればするほど意気消沈、という頃だった。「五年、一〇年後には、日の目を見るかも」という専門家の助言はまだいいほうで、「飛行機代を払って済州まで歩きに来ると思う?」という反応がほとんどだった。突拍子もないことを自分ははじめようとしているのではないか。そんな不安と孤独に苦しんでいた。人間が人間らしく歩ける道を熱望している人がいることに、その人物が時代を見通す目をもつ大作家だということに、大いに慰められた。先生のコラムは、戦意を失って倒れそうな私に向かって振られた応援旗だった。オルレができたら、先生ご夫妻

趙廷来▒一九四三年生まれの作家。代表作で、分断直後からの朝鮮半島の歴史を描いた大河小説『太白山脈』は映画化され、邦訳本もある。

を招待しよう、そう決心した。

オルレができて一年が過ぎた頃、勇気を出してチョ先生に手紙を書いた。

故郷に戻って、先生があれほど望まれていた歩くための道をつくっています。
一度歩きに来ていただければ幸いです。

数日後、原稿用紙に書かれた直筆の手紙が届いた。

本当に意義深いことをなさっている、近いうちに必ず歩きに行きます。

二〇〇八年、第一〇コースのオープニングに参加するため、先生は金初蕙（キムチョヘ）夫人とともに済州にいらっしゃった。降りつづいていた雨がやみ、空は青く、うららかな陽気となった。オルレは、曇りなら曇り、雨なら雨で、さまざまな表情が楽しめる。だが、第一〇コースはヨンモリ海岸*や沙渓（サゲ）の海辺といった海沿いの道が一番の見どころ。晴れた日にこそ、風景が映える。今日のヨンモリはどれほど荘厳な姿を見せてくれるだろうか。沙渓の海はどれほど澄んでいるだろうか。

スタート地点の和順(ファスン)船主協会の広場は、すでに多くのオルレクン(「オルレを歩く人」の意。ソ・ミョンスクの造語)で埋めつくされていた。先生は司会者の紹介を受け、話しはじめた。

「人類最高の発明品は直立歩行である。歩くことこそ、人間に思索や省察の時間をもたらす、最高の瞑想の手段だ」

そう力説なさると、盛大な拍手が湧きおこった。オルレクンたちは先生の本にサインをもらったり、一緒に記念写真を撮ったりと大騒ぎだった。

参加者が歩きはじめ、広場から人がいなくなると、先生は声を潜めた。

「誰にも言わないでくださいよ。今日はこれで失礼します。とても歩けそうにないんです。実は今朝早く、ホテルの庭園を散歩していたんですがね。濡れ落

ヨンモリ海岸▩済州島南西部にある海岸。数千万年の歳月をかけて堆積した砂岩層が、風や波の侵食を受け、入り組んだ海岸線をつくる。

ち葉に足を滑らせて、転ばないようにと踏ん張ったら胸を痛めてしまいまして。病院でレントゲンを撮ってもらおうかと。妻は、先に病院に行くべきだと強く言っていたんですが、お約束していたことですし、顔だけはお見せすべきだと思いましてね……」

それで、話をしてくださっているあいだずっと、手で胸を押さえていらしたのか。大きなアクシデントに見舞われながらも小さな約束を守られるチョ先生の品格に、頭が下がる思いだった。

翌年のハネムーンオルレに、あらためておふたりを招待した。教師という職をなげうって作家の道を選んで小説を書き、夫人にも生活のことより詩に精進するよう勧めた男。その男を生涯支えながら、独自の詩の世界も確立した伴侶。自身も成長し、相手の世界を認め、励まし合う夫婦。彼らほど、アゲイン・ハネムーンオルレにふさわしいカップルがいるだろうか。幸い、夫人のほうが済州に行きたがっているとのことで、快く応じてくださった。

ところが、当日の朝、先生が慌てた声で電話をかけてこられた。もうすぐ出発だと荷づくりも済ませ、朝食をとっていた夫人が突然嘔吐したので病院に連れていった。約束したことだから自分だけでも参加する、とのこと。おしどり夫婦を一方が具合の悪い時に引き離すなんて。皮肉にも、ハネムーンオルレのために。それでも先生は一泊二日の全日程を楽しまれたようだ。第三コースにあるオルム（側火山）に登り、人の手がまったく入っていない風景に何度も感嘆の声をあげた。

「こういう自然をアピールすべきだ。これが済州の強み、財産だよ」

婚姻池（ホニンジ）*でおこなわれていた伝統婚礼式では、参列者を代表して一言、祝辞も述べられた。

二度とご迷惑をおかけしないようにしなければ。そう心に決めていたのに、数カ月もしないうちに、またもや先生にお願いしなければならない事態となった。

済州島の北西部で大規模なゴルフ場とリゾートを運営するL社が、挟才海水浴場と飛揚島を結ぶロープウェーをつくるという事業計画書を済州道庁に提出し、建築委員会の審議を通過した、というニュースが流れた。

婚姻池▒西帰浦市城山邑温平里にある小さな池。済州の始祖である三人の神が、この池で婚礼をおこなったという伝説が残る。現在は、伝統婚礼体験や実際の結婚式がおこなわれている。

飛揚島は、マリンブルーの海に浮かぶ島。『星の王子さま』に出てくる、象を丸呑みにしたウワバミのような形をした幻想的な島。高麗王朝第七代王穆宗（モクチョン）の時代に噴火したという記録が残る、済州ではもっとも若い、誕生から千年の島だ。

そんな天上の楽園のような風景に、高さ五七メートルの鉄柱を打ち込んでケーブルを通すというばかげたことをしようだなんて。ひさしぶりに、昔のあだ名〈瞬間湯沸かし器〉のスイッチが入った。インターネット新聞『済州の声』の担当者に電話をかけ、リレーコラムの掲載を提案した。〝朝鮮半島の末っ子の島に鉄の杭を打ち込むとは〟というコラムを書いた後、先生に電話をした。一部始終を説明すると、「実に愚かなことだ」と長いため息をつかれた。

「オルレに惚れて済州に移住しようかと思っていたが、考え直さねばならないな」

半月後、先生からコラムが届いた。〝済州道庁は目を覚ませ〟というストレートなタイトルで、先生は〝アジア最大のロープウェー？　アジア最大の環境破壊だ〟と一喝した。自然を手つかずのまま保存してこそ、済州ならではの魅力をいかすことができるという、切実な思いのこもった助言も添えられていた。

二〇一〇年五月、飛揚島ロープウェー案は保留となった。環境評価などで審議条件を満たせなかったというのが理由だった。『太白山脈』の読者としての感動は、オルレが結んだ縁によって、人間が人間へと抱く感動へと変わっていった。先生は、安易に約束をしないが、一度約束したことは必ず守る。本に書かれた文章と生きざまが一致する作家だった。

CHAPTER 6

声なき声

オルレを歩く人への思いを込めて、オルレクン、という言葉が生まれた。
オルレをつくるうえでの信念も生まれた。
新たな道を拓く時の原則は三つ。
〈機械に頼らず、手作業でおこなう〉
〈必要な資材は、地元の天然素材だけを使う〉
〈道幅は一メートル以下とする〉
どんなにオルレが人を呼び、話題になってもこの原則だけは譲らない。
それはオルレが世界へ渡っても変わることはなかった。

こんにちは、オルレクン

オルレクンは、道の名前を済州オルレと決めた後に、この道を歩く人たちを指すのに私がつくった名前だ。サンティアゴ巡礼路を歩くペレグリーノや、四国のお遍路さんのように、なにか特別な名前が必要だと思ったのだ。オルレクンという名前は徐々に広まり、今では完全に定着した。新聞やテレビ、官公庁の書類にも公式に登場するようになった。

春、ひさしぶりにオルレを歩くと、城山邑吾照（オジョ）*でおばあさんが私に言った。

「オルレクンかね」

「はい！」

答えながら、どんなにうれしかったことか！

はじめは反発もなかったわけではない。地元の一部では、低級で下品な表現だ、という声もあった。賭博師ノルムクンや詐欺師サギクンのように、クンがつくのは好ましくない稼業だという社会通念があったからだ。大まじめに「オルレ人」はどうかと言ってくる人もいた。

そういう時は丁重に反論した。木こりナムクンや労働者イルクン、主婦サルリムクンのように、いい意味で使われる場合もあると。クンはある仕事を専門的におこなう人を指す接尾語。クンそのものは、プラスやマイナスなど特定の

城山邑吾照▩済州島の東部にある漁村。

イメージと結びついた単語ではない。ただ、その仕事がどんな性格のものであるかによって、言葉のニュアンスが変わるだけだ。

オルレクンは、自分の脚でオルレを楽しむ人のことだ。口で言うだけでも、頭の中で夢を追うだけでもない。自分の意思で日常を抜け出し、自然を楽しみながら大地に一歩一歩、足を踏み出す。体で瞑想する素晴らしいクン、それこそが、オルレクンなのだ。

オルレ中毒

オルレを一度でも歩くと、ほぼ例外なく致命的なオルレウイルスに感染する。鳥のさえずりや波のさざめきを聞き、襟元をくすぐる潮風を浴びるうちに、地中海の水よりも澄んだきらめく海の色を楽しむうちに、ウイルスは侵入する。全身の細胞や筋肉、毛細血管を通して。感染によって現れる症状は〈オルレ中毒〉。世界でもっとも美しく、ポジティブな中毒だと断言しよう。そもそも、すべての中毒には共通する三つの症状がある。

一、それをすると、幸福感を覚える。
二、それができないと、苦しくてつらい。
三、より強い刺激を求めるようになる。

ギャンブル中毒、アルコール中毒、ニコチン中毒などのネガティブな中毒も、瞑想やマラソンなどのポジティブな中毒も、その点では同じだ。ただ、ネガティブな中毒が日常を破壊し、心身を疲弊させるのに対し、ポジティブな中毒は日常を豊かにし、心身を高揚させるという点が異なる。

では、オルレ中毒は？　いうまでもなくポジティブな中毒に属する。多くのオルレクンの体験によると、一般的な中毒症状に加えて、いくつかの付随する症状がある。その共通点は、おおむね次のようになる。青色を見るだけでむやみにうれしくなり、ついて行きたくなる（オルレのコース上にある矢印とリボンが青色だから）。水道やシャワーの音を波の音だと錯覚する。旅行の計画がないのに、インターネットで済州行きの飛行機の時間や運賃を検索する（済州から戻るなり、次の済州旅行の飛行機を調べるケースもある）。テレビの天気予報では、自分の住んでいる地域より先に西帰浦の天気を確認する。一言、二言、覚えた済州方言が、陸地でも思わず口から出る。テレビで通信会社オルレKTのコマーシャルが流れると、一緒に「オルレ！」と口ずさむ。

ウイルスに感染したら、治療法はただひとつ。再び済州に行くか、済州より刺激は少ないが身近にあるオルレを歩くのみ。オルレクンの間で有名な重症中毒者を紹介しよう。

中毒者A（ヤン・グムシク）

ヤンさんとの出会いは二〇〇九年の冬。第六コースの終点で第七コースの起点でもあるウェドルゲでのことだ。ベレー帽をかぶりギターを背負った彼を、はじめはミュージシャンかと思った。だが、実は建築家で、暻園（キョンウォン）大学の兼任教授だった。

旅好きで世界各地を訪ねたという彼は、もともとはサンティアゴ巡礼路を歩きたいと思っていたが、予行演習を兼ねて済州オルレを歩いたら、その魅力にはまってしまったという。その時点で開設されていた一三のコースはすべて歩いたというほど、どっぷりと。彼は歩いていて、いい風景に出会うと、すぐさまアドリブでギターを演奏する。アマチュア作曲家でもある彼は、済州の風景から浮かんだリズムとメロディーに済州の方言で歌詞をつけ、オルレソングをつくりたいという。

私は「旅先だから夢も膨らんでいるのだろう」と聞き流していたが、彼は済州の人たちに酒や食事をふるまってアドバイスをもらい、「遊んで休んで 休んで遊んで ようこそいらっしゃい」で始まる歌詞を見事完成させた。そして本格的なレコーディングのため、そうそうたるプロの面々をそそのかして済州オルレに連れてきた。

伴奏を担当するCD企画会社リノ代表のパク・ピョンギさんは、ヤンさん並みの勢いでオルレの中毒症状を見せはじめた。道の上で、強い癒やしの力を感じたという。ドラマーとして業界ではかなり有名な彼は、大坪里の海女のホボク

（水を運ぶための瓶（かめ））を叩く音に惚れこみ、伴奏に使うことにした。歌は趣旨からするとオルレクンが歌うべきだと、ヤンさんは考えた。ヤンさんの定宿ミンチュンガクに滞在しているオルレクンや、済州で暮らすオルレサポーター、オルレ事務局関係者たちを総動員して、二〇〇九年十二月、ミンチュンガクの屋上でレコーディングをおこなった。

十二月二六日。第一四コースのオープニングで、ヤンさんはパク・ピョンギ率いる五人組バンドとオルレソングを初披露。自費制作したCD二〇〇〇枚を㈳済州オルレに寄贈した。事務局はこのCDを、その制作趣旨に沿って、オルレの記念品を購入したオルレクンに無料で配布している。

オルレでときどき顔を合わせるヤンさんは、いつもにこにこ笑顔だ。サンティアゴにはいつ行くのかと聞くと、愉快な答えが返ってきた。

「どうして行くの？　済州オルレがあるのに。行ったことはないけど、ここほど美しい場所はないと思うよ。オルレソングを歌いながら、これからもオルレで遊ぶさ。ハハハ」

中毒者B（イオド）

某証券会社の元代表で業界の第一世代アナリスト。今も現役で活躍中だ。済州オルレには、最初のコース開設時に好奇心から訪れた。ウォーキングがテーマのインターネットコミュニティー・悠々自適の会員。オルレを歩いて、「道と風景は世界一だが、海辺や町に落ちているごみのせいで一流の道とはいえない」と批評し、私の心を傷つけた張本人。だが、その苦言がオルレには良薬となった。

ごみ問題について思案の末、㈳済州オルレは西帰浦市に対策を要請。市はそれを受け、新コースのオープン前には、清掃員を動員して山や海辺に長年放置されていたごみを撤去するというシステムをつくった。

元祖オルレクンのイオドさんは、混雑するオープニングイベントを避け、後日、新コースを歩いて感想を送ってくれる。第一四の一コースの感想は「実にファンタスティック。ベストコースがまた入れ替わりそう」。新コース開設のたびに心変わりを重ねているとツッコんでみたら、自分のせいではないという。時を重ねるほどに、名コースを生みだす踏査局のせい、なんだそうだ。

中毒者C（ロマン）

ソウルの私立高校の倫理の教師。大学時代、学生運動に身を投じていた彼は、生徒には人気があるほうだが、職員室では正論を吐く気難しい教師と思われている。同僚たちと仕事帰りに引っかける一杯の酒が、唯一の楽しみであり趣味。運動らしい運動はせず、しいていえば、息をするのが運動。

ひょんなことからオルレを歩くことになった彼は、一日でその魅力にはまった。ひとりより大勢で歩くほうが好きなので、オープニングイベントには必ず参加する。毎回、手土産にコニャックを持ってきてくれるので、彼が来られない時は、私はひそかにがっかりしている。最初は、〈世の中のほとんどが敵〉というような顔をしていたが、三年で、ニコニコおじさんに変わった。

「オルレがなかったら俺の人生はどうなっていたか、想像するだけでぞっとするね。どんどんおかしくなっていく教育現場で、俺の頭がおかしくなっちゃってたかも。オルレを歩くと、世の中を見る目にゆとりができて、がんばろうっていう力が湧いてくるんだ」

気難しい男の、オルレに対する愛の告白だ。

中毒者D（イルソン）

都市銀行の元副支店長。退職後は蔚山（ウルサン）に移住して蘭を育てている、その筋では有名な愛蘭家。蘭に関するエッセーを専門誌に連載。運営するホームページも人気が高い。オルレと出会ってからというもの、最愛の対象から蘭が消えてしまったと、他の愛蘭家たちからの不満の声は大きい。

引退後は、毎日が日曜日。経済的にも時間的にも余裕があるため、済州にはよく来る。一度来ると、一〇日から半月ほどミンチュンガクに滞在する。二〇〇八年は六八日、翌年は一〇〇日、済州に滞在した。写真作家の金永甲（キムヨンガプ）*に魅了され、その写真に切りとられた済州の風を追いかけている。

彼の開いたインターネットコミュニティー・カンセダリは、会員数が二五〇〇人にのぼる、有数の済州オルレ関連サイトだ。二〇一〇年六月、西帰浦で開いた初のオフ会には、運営者のパションをはじめ六〇人以上が参加。コミュニティーの活発さをうかがわせた。

金永甲▒一九五七〜二〇〇五年。写真家。済州島の自然に魅了され一九八五年、島に移住。オルレ第三コースには、彼が難病を患いながらも廃校を活用してみずから作った『金永甲ギャラリー頭毛岳』がある。

オルレの重症中毒者を自認するイルソンさんの希望は、済州島に移住して日々オルレを歩きながらボランティア活動をすること。家族の同意も得たし、蔚山のマンションも売りに出した。まだ買い手がつかないのが悩みだが、「済州島民イルソンさん」と呼ぶ日も遠くはないだろう。

重症中毒者が最後に選ぶ道は、オルレの近くに住むこと。済州移住者への道だ。すでに実行した人もけっこういる。

中毒者E

E夫妻は風貌からして普通ではない。よくある登山服ではなく、夫婦揃って青柿の渋染めの済州伝統服という独特のファッションでオルレを歩く。

ふたりはオルレで出会い、話をしているうちに意気投合して結婚を決めた、晩婚のオルレカップル。オルレのある済州で第二の人生を送ろうと決め、歩いている時に目をつけておいた法還浦口（ポップァンポグ）の古い民家を購入した。済州のことをもっと知りたいと、夫婦でオルレアカデミー*でも学んでいた。年配の夫婦だが、若いカップルのようにいつも一緒だ。年を取ってから出会い、一緒に過ごす時間が短いとなれば、おのずと愛も強く深くなるにちがいない。

中毒者F

外資系銀行で十数年勤務。みずから非婚主義だと明かす独身女性。オルレ誕生から三年の間に何度もオルレを歩いた。殺風景な都会で灰色の高層ビルの森へ通勤することがだんだんといやになり、幸い、勤務する銀行の支店が済州市にあったので、すぐさま異動を願い出た。済州に移り住んで数カ月、Fさんは銀行員生活に幕を下ろして、退職金で西帰浦にこじんまりとした家を買い、小さなカフェでも開こうかと、考えている。

済州島の人口は数年間、伸び悩み、特に西帰浦は減少の一途をたどっている。これといった発展軸のない西帰浦での生活は徐々に難しくなり、子どもの教育、

オルレアカデミー▒各分野の専門家から、済州の歴史や文化、言葉、自然、食、植生などを学ぶ教育プログラム。基礎課程(一日)、一般課程(二日)、深化課程(二～三日)がある。

あるいは商売や就職のために、人も金も集まる済州市へと出て行ってしまう。だが、競争に疲れ、時間に追われる都会人は、四季折々に美しい西帰浦の風景やのんびりした雰囲気に、大きな癒やしと安らぎを感じるという。移住者がさらに増えれば、西帰浦の空洞化も食い止められる。スローライフを楽しみ、疲れた心と体を癒やしてみてはどうだろう。まずは、生涯働きづめだった退職者よ、家族を養う必要のない身軽な独り者よ、集まれ、西帰浦へ！

五つの心得

オルレを一〇〇倍楽しむ方法がある。

心得❶……歩くのは一日一コース

オルレを歩くとときどき、足を引きずっている人を見かける。意外なことに、たいてい、がっしりした中年男性で、どうせ歩くならと一日に二コース、あるいは一・五コースを歩いたという。山道ではなく平地だから、短時間でもっと多くの風景を見たくて、などが理由。ごくまれにだが、体を酷使したかったから、という人もいた。

平地だから、どうってことはない？　とんでもない。済州オルレは、傾斜がゆるやかで高低差があまりないとはいえ、段差や凸凹のない散策路や運動コースとは違う。石畳の道、砂利道、ごつごつした岩の坂道、草の道、崖沿いの道、雨に濡れた土の道……。それらが組み合わさったトレッキングコースだ。前だけを見てやみくもに急いで歩くと、転んだり、足を滑らせたり、足をくじいたりしやすい。運よく、そういうアクシデントを免れても、一日に二コース分も歩くと十中八九、足にマメができて痛くなる。そんな状態で、美しい風景が目に入るだろうか。睦まじい鳥の声が耳に入ってくるだろうか。オルレのガイドブックで一日一コースを勧めているのには、それなりの訳があるのだ。

熱烈なオルレクンKは、一日に◯・五コースしか歩かない。全コースを二度も踏破し、そこいらの済州人よりオルレに詳しい。途中に美術館があればそこで一、二時間過ごし、日差しの強い真昼は木陰で昼寝を楽しんだり、時には、コースからはずれ、自分だけのオルレを開拓してみたりもする。

一日に二コース分を踏破する人と、その四分の一の◯・五コースしか歩かないK。どちらがより多くのことを感じ、より多くの幸せを味わえるだろう。目標達成を重視する韓国人は、旅行さえも課題のようにとらえがちだ。ゆっくり、のんびりを趣旨とするオルレでも、とにかく早く前に進もうとする。オルレは、一着でゴールしたら賞がもらえるというような道ではない。途中で、それ以上進めなくなったら、立ち止まり、引き返して、また次の機会に歩けばいい。そういう道だ。どうか、オルレでだけは、韓国社会で身についてしまったスピード至上主義から抜け出してほしい。

オルレは、カンセダリであることを追い求める。ぐうたらとは、だらだらと寝転がってばかりでなにもしないこととは違う。たとえば、劇場で公演のない日のことを〈公演をしない日〉ではなく、〈公演を休む日〉というではないか。私たちはみな、社会という劇場、舞台の俳優だ。時には休息が、つまり、休むことが必要なのだ。ゆっくり気楽に生きることを勧めたフランスの哲学者ピエール・サンソの意見でもある。厳しい都会生活を送ってきたあなた。人生という舞台での公演をしばし休んでみてはいかがだろう。遊んで休んで歩きながら。

心得❷……………やってみたかったことをやる

死ぬ前にやってみたい十のこと。そんな内容の本が書店をにぎわしたことがある。死に直面した著者たちの多くが切実に望んだのは、それまで必死で追い求めてきた金や権力、名誉とは無関係のいたって平凡なことだった。愛する人に手紙を書く。友人にすまなかったと謝る。母親に感謝の言葉を伝える。時間がなくて諦めていた絵を描く。子どもと手をつないで夕日を眺める。そんなことだ。

オルレでできることは数百、数千とある。詩が好きなら薄い詩集を一冊携えて歩き、そよ風吹く海辺のあずまやで腕枕をしながら読むのもいい。ごめんなさいとか、愛しているとか、言えずにいる誰かがいるなら、第七コースにあるプンニムリゾート（現・ケンジントンリゾート）の入口にあるポスト〈海辺の郵便局〉から、ハガキを一枚送るのもいい。波に向かってハーモニカを吹いたり、野花の咲き乱れる丘でスケッチブックを広げたりするのもいいだろう。

オルレのコースは、観光地や大きな町を通るものもあるが、多くは外部の人がめったに訪れない奥まった地域やひっそりとした町を通る。人恋しさからか、そういう地域の住民はオルレクンへの歓待の気持ちをもっている。みかんをわけてくれたり、農作業の合間に食べる弁当を一緒に食べようと勧めてくれたり、耕運機やトラックを止めて乗せてくれたりもする。彼らの善意を、なにか売りつけようとしているのではないかと都会人的な考えで警戒したり、突っぱねたりしないでほしい。人との触れ合いは、美しい風景にも劣らぬ旅の醍醐味であり、思い出となる。飾らないオルレが済州の自然の真の姿だとしたら、純朴な心こそ、一見ぶっきらぼうで無愛想な済州人の真の姿なのだ。差し出された善意の手を握り返す時、オルレの旅は、はるかに豊かで多彩なものになるだろう。

「オルレの風景も素敵だが、地元の人たちの人情や思いやりに魅かれ、また済州に行きたくなる」

そう言うオルレクンも多い。

心得❹……………済州語をいくつか覚える

済州海峡を挟んでいるからだろうか。韓国語の一部でありながら、済州の言葉には独自の個性がある。標準語とは語尾が異なり、単語の意味もまったく違うケースが多い。ある放送作家のオルレクンは、中山間地域の村の老女たちが、外部の人と話す言葉と、村人同士で話す言葉を使いわけていることに気づいた。

「完全な韓国語が話されている外国に来た気分だ」

そう言って、感動していた。

母音が多く、圧縮的で、鼻濁音や「L」の音で終わる単語が多い言語を、言語学者は美しい言語であると規定する。フランス語がそのよい例だが、これは済州語の特徴にもぴったり当てはまる。〝ノルモン、シモン、コルモン（遊んだり、休んだり、歩いたり）〟もそうだ。

こんな美しい言葉を一度学んでみてはどうだろう。外国旅行に行く時はだれしも、簡単な会話文を少しでも覚えていこうとする。現地人とコミュニケーションする時や買い物の時に役立つからだ。済州オルレの旅も同じ。発音が下手でも、抑揚が不自然でも構わない。どうか、済州語をいくつか覚えていってほしい。市場でサービスもしてもらえるし、ベテランの海女たちともすぐに仲良くなれるだろう。

心得❺……………どのコースが一番いいか聞かない

オルレの旅を計画している人からよくこう聞かれる。

「どのコースが一番いいですか」

私が答えに困っていると、さらに聞いてくる。

「難しい質問だとは思いますが、どれかひとつだけ薦めるとしたら」

そんな時、私はこう答える。

「昨日、歩いた道です」

昨日歩いた道が一番いいというのは、どのコースにも特徴や魅力があるから。

済州は狭いといえば狭いが、広いといえば広い島でもある。地域によって海の色や岩の種類、町の風習が微妙に異なる。東部と西部の風景、南部と北部の情緒は明らかに違う。しかも、済州の天気は変わりやすく、コースの雰囲気は日々、変化する。同じ第一〇コースでも、風のない穏やかな日に歩いた時と、体が吹き飛ばされそうな強風のなかを歩いた時では、印象はまるで違う。前者がのどかなエーゲ海沿いを歩いているようだとすると、後者はアイルランドの風吹く丘を歩いている気分だろう。同じコースでもこんな具合だから、一概に言えるはずがない。

好みや個性は十人十色。これも、特定のコースを薦めるのをためらう理由だ。ひっそりとした道を好む人もいれば、怖がる人もいる。海辺の道が好きな人もいれば、林道が好きな人もいる。もっとも退屈でハードな魔のコースとしてオルレクンの間では悪名高い、第三、四コースが一番好きという人もいる。

情報が多すぎると、かえって毒となり、壁となることもある。あくまでも他人の視点、他人の好みだからだ。先入観をもたず、自分の気持ちや感覚に従ってほしい。晴れなら晴れ、雨なら雨なりに、その日の天気を最大限に楽しんでほしい。

結論。情報ばかり集めたり、出発前に予定を事細かに決めたりしない。身を守るための最低限の装備と、わくわくする気持ちさえあれば十分。それがオルレだ。一歩踏み出した者だけが目的地にたどり着けるということを、心に刻んでほしい。

ごみの問題

オルレクンが急増したことによって、最初に浮上した問題はごみだった。地元テレビや新聞は、相次いでごみ問題を報じた。

「済州の美しい景観が、オルレクンのポイ捨てのせいで損なわれている」

古くからのオルレクンのなかには、こうした声もあった。

「オルレを歩きはじめた頃に比べて、ごみがかなり多くなった。世界中のどこにも引けを取らない景色なのに、本当に残念だ」

㈳済州オルレに責任があるように思えて、つらかった。だが、頭から離れない疑問もあった。そのごみは、オルレクンが捨てたものだろうか。それとも地域住民が捨てたのだろうか。オルレクンと地域住民が共犯なら、どちらの責任が大きいのだろうか。オルレをつくろうとしていた頃から、ごみは一番の悩みのタネだった。

オルレの道の多くは、既存の観光地ではなく、小さな町を通る。川や海辺、港、オルム、防風石垣で囲まれた畑の道、果樹園の入口。そうした場所には農家が捨てた使用済みビニールや漂着ごみ、生活ごみが放置されていた。オルレを新設するたびに真っ先にする仕事は、コース上に散らかっているごみの処理を、オルレの通っている各町村の行政に依頼することだった。そんな事情を知る由もないオルレクンは、オルレはごみのないきれいな道だとよく褒めてくれた。そんなふうに苦労してごみを片づけたオルレが、また汚されている。

二〇一〇年のテーマは〈クリーンオルレ〉だった。元日から全コースを歩いてみよう。どんな種類のごみか、この目で確かめてみないことには、対策も立てられない。町を訪れるオルレクンが主犯ならオルレクンを、昔ながらの習慣で住民がごみを捨てているのなら住民を説得しなければならない。そう考えた。

個人的な野心もあった。どうせならダイエットもしよう。私は全国のオルレクンへの情報提供や訪問客の応対のため事務作業が長くなっていた。

ソウルの十姉妹たちに、会うたびにからかわれた。

「道をつくる女がまた太って。オルレのコンセプトに合ってないんじゃないの」

「ひとさまが楽しく歩けるようにするのに忙しくて、自分はなかなか歩けないんだってば！」

そう言い訳しつつも気にはなっていた。決心が揺らがないように、ホームページに案内文を載せた。「二〇一〇年一月二日から、クリーンオルレキャンペーンをはじめます。関心のある方はぜひご参加を」

クリーンオルレ

集合場所の第一コースの起点、始興(シフン)小学校の運動場には、初日からオルレサポーターやオルレクン一五人が集まった。ソウルから駆けつけた私の息子ふたりと一緒に三人だけでもやるつもりだったが、こんなに集まればかなりの戦力だ。クリーンオルレ遠征隊は、事務局が準備したゴミばさみを受け取り、軍手をはめて出発した。

タレントのカン・ホドンが出演するバラエティー番組『一泊二日』で紹介されて以来、第一コースには観光客が大型バスで押し寄せるようになったと聞いていたが、ごみの状況がそれを物語っていた。牧場の青い柵が印象的なアルオルムの入口、オルレクンが休めるようにとつくったベンチ周辺には、紙コップやみかんの皮など、ごみが無数にあった。

「ごみは各自が持ち帰るべきなのに、こんなに美しい場所に捨てるなんて。マナーのない人たちね」

「観光に来たついでに、どんなところか、ちょっと見ていこうっていう団体客が問題なんだよ」

「このタバコの吸い殻、ちょっと見て！」

文句を言っていた遠征隊に、そのうち奇妙な症状が現れはじめた。ごみを見て顔をしかめていた彼らが、ごみを見つけるとうれしそうに駆け寄っていくようになったのだ。人気のごみはジュースや缶詰の空き缶。拾いやすいし、かさがあるのでごみ袋がすぐにいっぱいになるからだ。逆に、一番敬遠されたのはタバコの吸い殻。空き缶と違って拾いにくいうえに、小さすぎて、いくら拾っても目に見える達成感がないからだ。しまいには、好みのごみを見つけたら叫びながら走っていったりもした。

「あれは俺のだ」

「うわ、すごーい」

ごみを拾うという義務感はやがて、自然を美しい状態に戻すという楽しみへと変わった。腰を曲げ伸ばしする重労働は、誰がたくさん拾えるかを競うゲームへと変わった。テレビコマーシャル風にするとこうだ。

「オルレでは、ごみさえもオーレ！」*

クリーンオルレは一〇日も続いた。ごみの実態も把握できるようになった。第一、第七、第八コースのように団体観光客も訪れる人気コースでは、ほとんどのごみは観光客の捨てたものだった。だが、第二、第三、第四、第五コースのように、一般の観光客にはあまり知られておらず、訪れるのはオルレクンのみという場所では、住民の捨てた生活ごみが大半だった。美しい海辺の岩場には、ごみを燃やした黒い跡が醜く残り、田畑の防風石垣の周辺にはハウスの使用済みビニールや農薬の瓶が散乱していた。観光客と住民の両方を説得して変化を引き出さないかぎり、オルレは世界に通用する道にはなれない。

クリーン遠征隊に感謝を伝えるオルレクンや住民も数えきれないほどいた。「この町に人が来るようになったおかげで生活も潤うようになった。ありがとう」

ごみ問題を解決せねばという重圧のなかでも、幸せだった。ただ道をつくっただけなのに、胸を打つ感謝の言葉をかけてくれるなんて。同行した息子たちも、母親のしでかしたことが多くの幸せをもたらしていると感じとったようだ。

クリーンオルレは、ごみ問題の現実だけでなく、オルレの奇跡をも確認する時間だった。一〇日後に遠征隊の戦闘服を脱いでジーンズをはくと、げんこつ

オルレでは、ごみさえもオーレ！▒韓国の通信会社KT（旧ブランド名olleh）の宣伝文句をもじったもの。

がひとつ入るくらいぶかぶかになっていた。二の腕がきつかったシャツも難なく着られた。腰の曲げ伸ばしや腕の上げ下ろしを繰り返すうちに、ぽっこりしていたおなかや二の腕のぜい肉がすっきりと落ちたのだ。この夏はノースリーブでオルレを歩いて、小麦色に日焼けするんだ。お金は一切使わず、ダイエットに日焼けまで。これもまたオルレの道をゆく歓びの一つだ。

市長への手紙

大遠征を終えてすぐ、パク・ヨンブ西帰浦市長に手紙を書いた。A4用紙で二、三枚書くつもりだったのに、いざ筆を執ると一気に八枚も書いてしまった。まず、オルレ周辺にどんなごみが捨てられていたかを詳しく書いた。そして、オルレクンによるクリーンキャンペーンは㈳済州オルレがおこなうので、市では、体系的なごみ回収システムづくりと住民指導をしてほしいと強く求めた。

その後、西帰浦市庁は、地域住民を対象としたごみ焼却禁止などの三禁運動を展開し、団体観光客がよく訪れる第六、第七、第八コースに専門の人員を配置した。済州海洋警察は、台風による漂着ごみを定期的に回収すると申し出てくれた。町の婦人会や自治会でも、ポイ捨てゼロ、家の前の掃き掃除などを取り決めた。ごみ遠征隊の会も結成された。オルレアカデミー一期の卒業生一二人は、月に一度、オルレを歩きながらごみ拾いもする。アカデミーで学んだ野の花の名を復習し、ごみを拾ううちに、いつの間にか終点に到着するという。

「ごみを拾いながら大好きなオルレを歩くと、運動にもなるし、やりがいもある。本当に楽しい」

ごみはすぐにはなくならない。でもみんなが努力すれば、いつかなくなると信じている。ごみのない、きれいな道では、人はごみを捨てられない。捨てる人がいても、拾う人のほうが多ければ、いつかはごみがなくなる。

二〇〇九年の夏、尊敬するハン・ビヤと一緒にオルレを歩いた。おしゃべりの最中に急に声が聞こえなくなったと思ったら、彼女はきまってごみを拾っていた。マナーのない人の悪口を言う私に、ビヤは言った。

「この世には三種類の人がいる。ごみを捨てる人、捨てないけれど拾いもしない人、捨てもせず、かつ拾う人。三番目のタイプが一等立派でしょ。どう？　立派な人間になるのはすごく簡単なことよね」

二番目のタイプだった私が、オルレのおかげで三番目の人間へと進歩した。あなたはどのタイプだろうか。どのタイプになりたいのだろうか。不平や非難は社会を変えられない。社会を変えるのは行動と実践のみだ。

CHAPTER 7

オルレ旋風

韓国以外でオルレをつくれるとは思ってもみなかった。
長年のソウル暮らしに終止符を打って故郷に戻るときも、
済州島で道をつくっているときも、ミョンスクはそれだけで精一杯だった。
母から「きちがい沙汰」とまで言われたオルレは、
熱烈な支持を受け、荒波を乗り越えて、オルレ旋風を巻き起こした。
日本からイ・ユミという名の女性が訪ねてきたのは、
ちょうどその頃、二〇一〇年のことだった。
一九七〇年から八〇年代にかけて、
大通りから路地にいたるまで、ほとんどの道が舗装された日本で
かつて人の暮らしとともにあった
「道」を探すことは容易ではなかったが、
地道に歩くことで、オルレは、顔を見せはじめた。
今では九州各県に広がる、九州オルレ。
佐賀〈武雄コース〉では山岳の生命力と温泉に癒やされ、
大分〈奥豊後コース〉では山里の遺跡をめぐる。

長崎〈天草・維和島コース〉では天草四郎誕生の島でしばし時を忘れ、
鹿児島〈指宿・開聞コース〉では海辺の道で黒潮を感じる。
二〇一二年のオープン以来、毎年、増えつづけ、
二〇二〇年には、宮崎と長崎に新たなオルレが誕生した。

九州オルレという希望

イ・ユミさんは九州観光推進機構で働く唯一の韓国人だった。出身は大邱(テグ)。留学中に日本人男性と結婚して日本で暮らしていた。彼女の語るところによれば、二人目の子の育児休暇中のある日、親子カフェで、五歳の娘と済州オルレを歩いたという女性の体験記を目にした。

幼い子と一緒に歩くことができて、旅もできるなんて！　子育て中の母親としても、また、福島の原発事故以降、外国人観光客の激減で苦戦していた推進機構のスタッフとしても、「これぞ救世主」という思いに駆られたのだという。

福岡は、原発事故が起きた福島とは遠く離れた土地であるにもかかわらず、同じ日本であるうえに地名まで似ているものだから、外国人観光客の六〇パーセントにもなる韓国からの客足がぷつりと途絶えてしまったと、彼女は説明した。私が済州に戻った頃の観光状況を思い出した。済州にはもう見るべきものもなく、不親切なうえにぼったくる、というイメージが広がっていた。済州の観光は大苦戦を強いられ、停滞期にあった。

私たちの経験をいかして、なにかしらの支援をしたい。これこそ草の根の日韓交流であり、友情を深めるよいきっかけにもなるだろうと考えた。

サンティアゴの旅ですでに私は経験してきたではないか。「道」こそが、その地をなによりもよく理解し、ありのままの素顔に触れ、その国その地域の人々と心を通わせる「公正・善良・エコ」の旅*の方法であり、答えであるということを。しかも、それを、済州オルレが、国内外からの観光客に対して立証しているではないか。多くの人が「済州には何十回も訪れたが、歩いて体験する済州は今までとはまったく違った」と、口を揃えて語っているではないか。

同じ韓国人として、日本で働くユミさんの切なる願いに私たちは心を動かされた。くわえて、済州オルレの経験が九州でもいかせるものなのかという実験精神と好奇心もあった。

済州を訪れ、〈奇跡の現場〉を目の当たりにしたユミさんは、日本に帰国すると、オルレが韓国の観光にどれほどの影響を及ぼしたかを、スタッフや上層部

「公正・善良・エコ」の旅▒旅行先の地域文化や環境の保全に配慮し、観光客と地域住民間の対等で公正な関係づくりを目指す旅行。

に熱く語った。また、関係者を日本に招き、九州でのオルレ開設についての助言を求めた。㈳済州オルレと九州観光推進機構は、数カ月間にわたって互いに訪問を重ねた。そして、ユミさんの訪問から一年後の二〇一一年八月、済州島で覚書を交わした。

途切れた道をつなぎ、消えた道をよみがえらせ、新たな道はシャベルとツルハシのみでつくる。推進機構は、済州オルレの自然主義的な原則を厳守すると、㈳済州オルレはオルレの名称の使用を許可した。

済州オルレでは、道案内のリボンや標識に済州名産のみかんをイメージしたオレンジ色と青色を使っているが、九州オルレでは、青色と日本人が好む赤色を使うことにした。

九州七県、複数の自治体がオルレ開設に興味を示し、オルレにふさわしい道を探しはじめた。推進機構と㈳済州オルレは、美しい風景、ストーリー性、アクセス、宿泊施設、住民の情熱の五項目について、現場を訪ねて共同審査し、道の選定をすることとした。出だしはよかったが、プロジェクトを進めていくうちに難関にぶつかったり、認識のずれや経験不足から笑うに笑えぬ事態に遭遇したりもした。

これといったストーリーもなく、単にその地域の山々をすべて結んだコースや、湖や海などの景勝地を巡る従来の観光パターンに基づいたコースを提示した地域は、㈳済州オルレ側から大幅に修正を求められた。退屈な坂道を延々とのぼらされたあげく、頂上から見えるものといえば巨大な送電塔だけ、という〈報われない上り坂〉も当然、不合格とされた。

日本は一九七〇年から八〇年代にかけて、大通りから路地にいたるまで、ほとんどの道が舗装された。そのため、ふかふかとした土の道や林の道を探すのにも苦労した。役所の担当者が「急な下り坂で滑らないように、審査に備えてセメントで舗装しておきました」と得意顔で説明するという、笑えないエピソードもあった。オルレが目指すものをきちんと理解していなかったことが原因だ。

だが時がたつにつれ、修正指示や不合格の判定を受けながら、各地域のコース担当者たちは少しずつオルレを理解するようになり、オルレスピリットにふさわしい道を探すことに慣れていった。

もっとも印象的だったのは嬉野コース。一度は審査に落ちたものの、二度目の審査では前回とまったく違う、実に素晴らしいコースを提示して、事務局のアン・ウンジュ理事を驚かせた。

コース開拓を担当していた山口課長と品川さんは、㈳済州オルレがプレゼントした帽子をかぶり、いつも午後一時になるとコースを探しに出かけた。彼らによると、きまって午後三時頃に〈オルレの神〉が降臨し、新しい道を示してくれたのだとか。ふたりが道を探して歩いた時間と情熱に応えるように、隠れていた道が姿を現したのだろう。おかげで、地域住民にも忘れられていた昔の道がよみがえった。その道を歩く者は幸せな気持ちになり、地域を理解する手がかりを得ることにもなったのだ。

九州オルレを訪れる人は、ただ道を歩くだけではなく、コース沿いの民宿に泊まったりもする。過去の〈支配――被支配〉の痛みを抱えた歴史と現在の政治的葛藤によって、近くて遠い国となっている韓国と日本の人々が、そうした民宿体験のおかげで互いを心から理解するようにもなった。民宿をあとにする韓国人も、見送る日本人もともに涙ぐんで別れを惜しむ姿を、私は何度も見かけた。

二〇一二年に四コースがオープンして以来、毎年二、三コースずつ増えてきた九州オルレ。八年目となった二〇一九年には二二番目の福岡・新宮コースが開設された。二〇年には、四度挑戦しては落ちつづけて、ついに五度目の審査で承認された長崎・島原コースがオープンした。七転び八起きならぬ、四転び五起き。努力の末に、島原の人々はオルレらしいコースの開拓に成功したのだ。

宮城オルレのはじまりは、
太平洋側の勇壮な海が魅力の〈気仙沼・唐桑コース〉と
日本三景の松島を望むことのできる〈奥松島コース〉。
二〇一一年の東日本大震災で被害を受けた海沿いや山間の道も、
震災前の美しさを取り戻しつつあることが、歩くたびに感じられる。
その後、オープンした〈大崎・鳴子温泉コース〉では、
大谷川が刻む峡谷や奥の細道のある小さな道を、
〈登米コース〉では、純林のまま存続するアカシデの道を歩く。
人の暮らしとともにあったオルレが、
済州から日本各地へとつながり、息を吹き返している。

そして、被災地・東北へ

九州オルレが立派に成長した青年なら、宮城オルレはよちよち歩きの幼な子だ。

宮城県は東日本大震災の震源地に近く、福島の原発事故などの大きな被害を受けた。県の関係者が㈳済州オルレに連絡してきたのは二〇一六年のことだった。その後、彼らはオルレを学ぶために済州を訪れ、毎年恒例のオルレイベントにも参加した。九州オルレが韓国人のみならず日本国内の観光客の呼び込みにも成果をもたらしているのを知り、「ぜひ、宮城にもオルレをつくりたい」と、事務局の門を叩いたのだ。

だが、私たちとしては簡単に決められない問題があった。地震発生から五年の歳月が流れていたが、その余波や余震は完全にはおさまっていない状態だったからだ。放射能汚染やその処理の問題も、依然として未解決のまま残されていた。

事務局は、この問題について一年にわたり検討を重ね、理事会も二度開いた。宮城県が提示したいくつかの数値について専門家の意見を聞き、熟考の末、オルレ開設を決定。一七年、県と覚書を交わした。「道」のもつ治癒力、交流の力、心を通わす力を信じてみることにしたのだ。

一八年十月、気仙沼・唐桑コースと奥松島コースがオープンした。オープニングには韓国から多くのオルレクンが訪れ、日本のオルレクンとともにその道の上に立った。彼らが町を通ると、住民たちはお茶でもてなし、涙ぐんだ。涙のわけは言葉が通じなくともよくわかった。

一九年九月には大崎・鳴子温泉コース、二〇年三月には登米コースがオープンした。

韓国と日本の架け橋となり、互いの風景や人、文化を通わせてくれる韓日のオルレ。その道にも、今、赤信号が灯る。政府間の対立によって、互いに相手の国を訪れる旅行者が低迷しているのは事実だ。

どうか大局的な見地に立って、両国が信頼を回復し、心を通い合わせられますように。

そして、オルレで、両国の市民が心を開いて出会うことができますように。

あとがき

道をつなぐことを夢見て

朝鮮半島の最南端に浮かぶ〝風燃える島〟済州で、私は生まれ育ちました。済州島は、その景観がどこまでも美しく独特な場所、ユネスコの世界自然遺産や世界ジオパーク、生物圏保存地域に登録された場所です。けれど、「すべての美しさの裏には悲しみがある」というトルコの作家オルハン・パムクの言葉を証明するかのように、悲しくつらい歴史を幾重にも刻んだ島でもあります。

王朝時代には、中央の朝廷からアワビやナマコといった貴重な海産物の貢納を要求され、厳しい収奪や搾取に遭いつつ、出島禁止令によって二〇〇年もの間、島に縛りつけられました。日本の帝国主義が支配していた時代には、連合軍の攻撃に備えた軍事基地として再編され、自然という自然が容赦なく荒らされ、島民という島民が人間として耐え難い強制労働に苦しめられました。そして、あれほど切望していた植民地支配からの解放をようやく迎えたと思ったら、今度は、約七年七カ月もの長きにわたり、二〇万人をかろうじて上回る推定人口のうち二万人以上の無辜の民が潜在的なアカとされ、中央政府が派遣した軍人や警察の銃剣によって殺された場所、それが済州島だったのです。

もちろん私が生まれ育った一九六〇年代頃には、韓国を代表するみかんの産地、観光のメッカとして脚光を浴び、過去とはまったく違う、魅力的なお金持ちの島へと徐々に変わりつつありました。でも私は、済州の美しさにはまったく目を向けることができず、四方を海に囲まれた島の窮屈さと排他的な血縁文化にうんざりしている少女でした。慌ただしい市場の入口にある店の隅の部屋に閉じこもって、ありとあらゆる本を手当たり次第に読みながら、都会や外国の文明的で洗練された生活に憧れていたのです。故郷に対する愛情どころか、故郷脱出が子どもの頃の私の目標であり、夢でした。

ソウルの名門大学に入学することで故郷脱出に成功し、若干の紆余曲折を経て、少女時代の夢だった記者になりました。〈済州の女〉の気質を生かして食らいつくように必死で働いたおかげで、女性初の政治部記者、女性初の政治部長、そして女性初の時事週刊誌の編集長になったのです。記者生活をまっとうして現役を終えることが、私に予定されている道のように思っていました。

しかし、四六歳になった年、過労とストレスで身も心もぼろぼろになった私は、医者の勧めで運動をはじめます。スポーツセンターを転々とした末、最終的には、もっとも単純なウォーキングを選びました。ウォーキングの世界に足を踏み入れたことで、すでに決まっているように思えた私の人生の道は、少しずつ、そして最終的には完全に方向転換することになります。

記者として働くこと以外の新しい希望を、はじめて見いだしたのです。フランスからスペインへと続くサンティアゴ巡礼路八〇〇キロを歩いてみたい、都会の生活で疲れ、忙しい記者生活で傷ついた心と体を癒やし、新しいエネルギーを得たい、と願うようになったのです。

ついに私は、二三年間の記者生活にけりをつけ、その秋、サンティアゴ巡礼路のスタート地点に立ちました。その道の上で、慌ただしい都会生活の中で記憶の地層に埋もれていた故郷、済州島を思い浮かべ、済州島を歩いてひとまわりする道をつくりたいと願うようになったのです。そして、翌〇七年、約三〇年ぶりに故郷の済州に戻り、〈道をつくる女〉としての生活をスタートさせました。文字の人生から道の人生へと足を踏みだしたのです。

済州オルレから出発した私の〈道の人生〉は、ふとしたきっかけで事務局を訪ねてきた女性の切なる願いによって、日本に九州オルレと宮城オルレをつくるにいたり、さらにモンゴルオルレへと続いています。

その道が、どの国、どの地域まで続いていくかはわかりません。母の故郷・済州から父の故郷である朝鮮半島最北端の茂山（ムサン）まで続く道、「ピース（*Peace*）オルレ」をつくるのが、私の最後の夢です。

私の〈道の人生〉において最初に姉妹になってくれた国、日本で、私の三冊の著書を一冊にまとめた翻訳本が出版されると思うと、喜びやときめき、不安や期待、さまざまな感情が入り交じって胸に迫ります。ですが、九州オルレと宮城オルレをともにつくり、両国のオルレクンとともに歩きながら確認した真実に、私は賭けてみようと思います。道をともにつくること、その道をともに歩くことほど、異なる地域や国、異なる人々への深い理解に私たちを導くものはないということに。そして、歩く人たちこそ、戦争ではなく平和を、憎しみや競争ではなく理解や同伴を追い求めるということに！　ともに歩む私たちは〈地球村〉の道連れなのですから。

ソ・ミョンスク

訳者あとがき

台風前夜

朝鮮半島の南の果ての島で、
朝鮮半島の北の果ての旅人の詩を聴いた

約束は、二〇一九年九月二〇日、済州放送ロビー、午後二時。

そのとき、ソ・ミョンスクさんは時間に少し遅れて、黒地に無数のカラフルなドットで大きな骸骨が描かれたTシャツ姿でロビーに駆け込んできたのでした。

「うわっ、ソ・ミョンスクさん、その骸骨、すっごくいい！」

「あーら、よくぞ言ってくれたわ！　こないだLAで見つけて買ったばかりなのよ。いつもはね、安いTシャツばっかり買うんだけど、これは一目惚れ。私が持ってるTシャツのなかで一番高いのよ、ハハハハハ！」

この日、外では、台風襲来を告げる風がだんだん強く吹きはじめていました。ロビーでは、ミョンスクさんの、ダダダダダ、すぐにも弾丸トークがはじまった。

「私はね、とにかく済州を脱出したい少女だったの。西洋に憧れて、大自然ならスイスだ、流行ならフランスだ、西洋の名前の響きにうっとりして、済州の自然なんか目にも入らない、済州なんてただの田舎よ、私の周囲には知識人もいないじゃない、済州なんてほんとにただの田舎。大学でソウルに出たときには、もう、万々歳だったのよ――」

そうして憧れを追いかけて、ソウルという都市の時間を駆けぬけて、やるだけやって果ての果てまで行って、ようやく人間らしく生きたいと思ったときに、そこに済州があったのだと。そもそも、彼女のソウルでの社会人としての人生は〈仮名〉ではじまったのだと。

政治犯の経歴ゆえに、フリーライターとして仮名の人生を生きることしかできなかった、本当の名前で仕事をするようになっても、結局は、「自分はいったいどこにいるのか」という問いがつきまとったのだと。

仮名。話しはじめて、いきなり飛び出したその言葉は、実に象徴的な言葉でした。

歩くことを忘れて、人間が人間らしく生きるにふさわしい大きさの風土・自然がそこにあることにも気づかず、自分自身をも見失って生きる、私たちの仮名の人生。

ああ、ほんとにそうだ。歩かなくちゃね、私たち。

骸骨Tシャツのミョンスクさんに私は思わずこう返しました。

振り返れば、私が済州オルレを初めて歩いたのは、二〇一〇年の八月半ばのこと。刺すような陽射しの夏の日で、飲んだ水がそのまま汗になって出るような暑さでした。そのときふらふらになりながら歩いたのは、第十コース。

目印のリボンと矢印を辿って、西帰浦市モスルポから海岸通りを行き(このあたりまではウォーミングアップ)、やがて広大な畑の広がる田園風景の中へと分け入り、松岳山(ソンアクサン)をのぼり、ふたたび西帰浦大静邑(テジョンウプ)の海辺(ドラマ「チャングム」のロケ地となった海岸洞窟がある!)へと下りてくる道。

おそらくオルレコースのなかでは済州島に落ちる歴史の暗い影をもっとも感じさせる道です。

松岳山とその周辺は、戦争末期に日本軍がアメリカとの本土決戦に備えて島民を動員して造らせた飛行場やら、地下要塞やら、高射砲陣地やら、特攻艇震洋の基地やらが集中している。日本からの解放後に済州島を襲った、朝鮮半島の南側の新しい国家による凄まじいアカ狩りの狂った風、いわゆる済州四・三のために殺された無辜の民の慰霊碑もある。戦争末期、日本は、沖縄と済州島のいずれかを捨て石にして本土決戦に備えようとしていたのであり、そう思えば、鉄の嵐が吹き荒れた沖縄の南部戦跡を歩いているような心持ちにもなる、そんな道でもありました。国家(=権力者)が国家(=権力と利権)を守るためには、そこに生きる民を殺すことも厭わない、ということをひしひしと感じさせる道でもありました。

ただ、そのときの私は済州オルレの誕生のいきさつも、どんなコースが他にあるかもろくろく知らない。ただ済州島の歴史探訪にぴったりの道があったから、歩いてみた。そして歩きながら無闇に想い起こしていたのは、二〇〇七年に訪れたサンティアゴ＝デ＝コンポステラのことだったのです。

フランスからピレネー山脈を越えてヨーロッパの西の端、スペインのサンティアゴ＝デ＝コンポステラへと旅してきたさまざまな目の色、肌の色をした巡礼者たちが集う大聖堂。その荘厳なミサでは、天井から吊るされた巨大な香炉が、振り子のようにぶんぶんと振り回されます。聖なる香りが聖堂内に満ちてゆきます。長い道のりを歩いてきた巡礼者たちは立ち上がり、見知らぬ者同士、互いに「La Paz !」（平和！）と祈りの言葉を交わします。祈りの言葉がこだまします。

La Paz!　La Paz!　La Paz!　La Paz!　祈りの響きを胸に、巡礼者たちはふたたびそれぞれの道へと旅立つ……。

二〇一〇年夏、済州島。歴史の暗い影の落ちるオルレ第十コースをゆく私は、La Paz!　と祈りの言葉を唱えながら、歩いていました。この道は旅人たちのLa Pazの道、祈りの道。そんなことを思いながら、ひたすら歩いた。

そして、二〇一九年夏、済州島。本書の訳者となって、オルレの生みの親のソ・ミョンスクさんと語らうひとときをもった私は、ひさしく忘れていたその時の心持ちをありありと思い出してもいたのでした。

さて、La Paz!　祈りの道。といえば、この話をしないわけにいきません。ミョンスクさんと交わした、ミョンスクさんの運命をめぐる話。

強すぎる運勢の娘、北から戦火を逃れてやってきた身寄りのない父、商店を切り盛りする肝っ玉母さんの母。実を言えば、もうここに、今後の彼女の人生を形作ってゆくすべてが出そろっています。

しかし、いったい、どれほど強い運勢であったのか？

私もまた彼女の生年月日を聞いて、托鉢僧と同じく四柱推命による運命式を観てみました（実は私も四柱推命を少しばかり修業しました）。その運命式については、彼女の人生に深く関わることだから、ここでは詳らかにはできないのですが、托鉢僧の言うことは間違っていなかった。

この人は思いこんだら周囲を吹き飛ばす勢いで突き進む、味噌か糞かどちらか分からなければ、とりあえず舐めてみる、それゆえの激しく山あり谷ありの人生、それゆえの清濁合わせのむ器をもつ自由人（これはあらためて言うまでもなく、本書を読めばわかることですね）。

なによりも、彼女は磨けば磨くほど、叩かれれば叩かれるほど、苦労すればするほど光り輝く鉱石、美しい宝石の――たとえばダイアモンドの――原石なのだ、とここまで私が伝えたとき、ミョンスクさんは、「ああっ」と思わず声をあげた。

「実は、父は私のことをいつも宝物と言っていたんです」

このとき、本書ではお母さんに比べて影の薄かったお父さん、そのお父さんの宝物としてのミョンスクさんが不意に姿を現した。

そして、オルレが縁で出会った旅人のひとりである私に、父の物語を語りだしたのです。それは、彼女の歩いてきた道、これから進む道に深く関わる大切な物語でした。

父を想えば、李庸岳（イヨンアク）の詩「郷愁」（一九四七）が思い出される。そうミョンスクさんは言いました。その詩を口ずんでみせて、ミョンスクさんはほんのちょっと涙ぐみました。

郷　愁

雪が降るのか　北のほうでは
ぼたん雪が降りしきっているのか

険しい崖をぐるぐるとめぐりゆく
白茂(ペンム)線の鉄路を
がたんごとん　夜どおし走る
貨物列車の黒い屋根に

はるかな山なみのなかおまえを置いてきた
小さな村にも　幸いなる雪が降るのか

インク瓶も凍りつくこんな夜中に
どうしたというのか　ふと眠りから覚めて
恋しい　たまらなく恋しい　あの場所

雪が降るのか　北のほうでは
ぼたん雪が降りしきるのか

現在の北朝鮮の北部、両江道(リャンガンド)白岩(ペガム)から咸鏡北(ハムギョンプク)道茂山(トムサン)までの険しい鉄路が白茂線。そして終点駅の茂山こそがお父さんがついに帰ることのならなかった故郷。中朝の国境地域です。

ミョンスクさん曰く、

朝鮮半島の北の端の男と、南の端の島の女が出会ったのが、わが両親。まったくもって両極端なふたりなんです。

想えば――、

父は温暖な西帰浦の気候が体に合いませんでした。店を大きくするとか、投資だとか、土地を買うだとか、母が一生懸命になることにまったく興味がなく、そもそも島に安住することにも興味がないかのようでした。

父方の親戚がひとりもいないというのは、一族の大人たちに干渉されないということで、しかも父は宝物である娘の意思を常に尊重してくれた。

戦火の北朝鮮を逃れてきた父は〈反共〉の人でした。

いつか故郷に帰るのだと、帰るときはジープに乗って三八度線を越えるのだと、つねづね言っていました。

父は朝鮮戦争を戦った朝鮮人民軍の兵士でした。そのときすでに北の故郷には妻とふたりの子どもがいた父は、妻子に会いたくて、軍を脱走して、故郷の村まであと少しというところで脱走兵であることがばれて捕まって、ふたたび戦場に送られたのです。

激戦地のひとつ、洛東江（ナクトンガン）で捕虜になって、巨済島（コジェド）の捕虜収容所に送られました。巨済島は崔仁勲（チェインフン）の小説『広場』の舞台になったところです。

父もまた、その主人公のように、北への帰還、南への残留、第三国への出国の三択を示されて、南への残留を選んだのです。脱走兵という前歴のある父は、怖くて家族の待つ故郷への帰還を断念したのです。

父がついにそのことを話したのは、大腸がんを患って亡くなる直前のことでした。

巨済島でジープの運転を覚えたのでしょうか。母は、ジープを運転する父と釜山で出会ったのです。

父はとうとう大腸がんで亡くなりました。ジープで三八度を越えること、それはついに果たせぬ夢となりました。

父はディアスポラ（漂泊）の人生を生きた人でした。

父の来し方を知って、ミョンスクさんはこう思ったといいます。

「周囲にからかわれるほど無口で無愛想な咸鏡道（ハムギョンド）の男が、私をことさらに愛し可愛がってくれたのも、故郷のふたりの子に与えたくても与えられない愛情まで全部まとめて、韓国で得た肉親に注いでいたということではないだろうか」（ソ・ミョンスク『西帰浦をごぞんじですか』序文より）

二〇〇六年九月、ミョンスクさんは、サンティアゴ＝デ＝コンポステラへと旅立ちます。巡礼路を歩いて、フランスからスペインへと歩いて国境を越えます。そのときほど胸に迫る経験はなかったとミョンスクさんは言いました。

「あの瞬間、私は、父を想いました」

二〇一八年六月、ミョンスクさんは、ついに、中国側から国境線の向こう側の父の故郷を見ます。そして、亡き父にこう語りかけた。

「咸鏡道の男、ソ・ソンナムさん。遅くなりましたが、心からお詫びします。私の経験値の低さと偏見のせいで『ネレ……』（私は、の意。標準語ではナヌン）という言い方も、『……ヘッチビ』（～たんだよ、の意。標準語ではヘッチ）という語尾も毛嫌いしていたことを。国土最南端の、狭くて、土地のやせた島では互いに助け合って生きるしかなくて、そのうえ、四・三事件という前代未聞の大虐殺を経験したことで、ますます深く根づくこととなったクェンダン文化（単なる親戚や血縁だけでなく、地縁や学縁などあらゆるつながりで強く結びついている済州独特の文化）の中で、陸地モン（済州出身者が本土から来た人を物のように呼ぶ蔑称）、それも、すぐにそれとわかる北の方言で話す最北端、茂山の男として、耐えがたい寂しさゆえに飲んでいた酒のことを少しも理解できなかったことを！　でも、父さんはジープに乗って行こうと思っていたでしょうけれど、私は父さんの故郷、茂山まで歩いていくつもりですから、その道をつくるつもりですから、どうかこれまでの過ちを許してください」（『西帰浦をごぞんじですか』序文より）

オルレの夢は、父が生まれた北の大地へと伸びて行く。三八度線をジープで越える父の夢は、娘のオルレの夢へと引き継がれる。それは父と娘を結ぶ夢であると同時に、植民地の歴史を乗り越え、分断の長い時間を乗り越え、四・三事件の痛み、朝鮮戦争の傷跡を乗り越え、私たちの生きる東アジアの近代を乗り越える大きな夢でもありましょう。

願えば叶う。祈れば通じる。動けば実現する。それがソ・ミョンスクの運命の力です。

歩けばつながる、心が通う、傷が癒やされる。本書で彼女が語っているとおり、それがオルレの力です。

父と娘を結ぶ夢の物語を聞いたあの日、ほんの二時間ほどの対話の間にも、台風は刻一刻と迫りつつあり、風はますます激しくなっていました。実に不穏。なのに、対話を終えての別れ際、済州市内に宿を取っていた私に、彼女はなんとも恐ろしい誘いの言葉をかけてきました。

「台風の中、雨に打たれて歩くって素敵じゃない！明日、西帰浦にいらっしゃいよ、一緒に歩きましょう、オルレ旅行者センターのレストランでイベントもあるから、ねっ！」

La Paz！　私は心の中でそう呟いて、「また逢いましょう！」と固い握手をして、ソ・ミョンスクさんと別れました。

La Paz！　台風のオルレもいいけれど、私は北のオルレをいつかあなたと一緒に歩いてみたい。ひそかにそう祈りつつ。

最後に。

二〇一八年秋に済州への旅へと私を誘い出して、オルレとの再会、ソ・ミョンスクさんとの出会いの機会を作ってくださったクオンの金承福さん、それこそオルレの道をゆく同伴者のように、長きにわたる翻訳作業をともにした牧野美加さん、『ヨンチョオンニ』『済州オルレの旅』『ゆっくり歩みゆくこの道のように』という分厚い三冊の本から驚くべき力業で新たに独自構成の日本版を編みあげてくださった編集の伊勢華子さん、さまざまな質問に、思わず笑いがこぼれるようなメッセージとともに答えてくださったソ・ミョンスクさん、想いをつなぎ、道をつないできたすべての方々に、心より感謝申し上げます。

二〇二〇年七月二〇日

いつも心はこの世のあらゆる境を越えてゆく
旅人たちとともに

姜信子

著者　徐明淑（ソ・ミョンスク）

一九五七年、済州生まれ。高麗大学教育学科在学中、緊急措置九号違反の嫌疑で連行され、拘禁・監獄生活を送る。出所後、奇岩ウェドルゲ近くの「嵐が丘」と名づけた岩場によく座って、心を慰めた。その経験は、のちに済州オルレをつくるきっかけとなった。収監歴のため正社員としては雇用されず、フリーライターとして働く。その後、一九八三年に記者生活をスタート。時事週刊誌『時事ジャーナル』やインターネット新聞『オーマイニュース』の編集長などを歴任し、二三年間、メディア業界に身を置く。二〇〇七年、済州オルレをつくる。現在、社団法人済州オルレ理事長を務める。済州オルレの成功神話は、韓国のみならず世界中の注目を集め、社会起業家の最高の栄誉とされるアショカ・フェローに韓国ではじめて選ばれた。著書に、済州オルレの夢と情熱をつづった『제주 올레 여행』、オルレスピリッツをまとめた『꼬닥꼬닥 걸어가는 이 길처럼』、世界の食を盛り込んだエッセイ『식탐』、八年にわたって済州の海女を取材した『숨, 나와 마주 서는 순간』などがある。

訳者　姜信子（きょう　のぶこ）

一九六一年、神奈川生まれ。著書に『棄郷ノート』（作品社）、『ノレ・ノスタルギーヤ』『ナミイ！　八重山のおばあの歌物語』『イリオモテ』（岩波書店）、『生きとし生ける空白の物語』（港の人）、『声千年先に届くほどに』『現代説経集』（ぷねうま舎）、『平成山椒太夫　あんじゅ、あんじゅ、さまよい安寿』（せりか書房）など多数。訳書に、李清俊『あなたたちの天国』（みすず書房）、カニー・カン『遥かなる静けき朝の国』（青山出版社）、ピョン・ヘヨン『モンスーン』（白水社）、チョン・ジョンファ『長江日記　ある女性独立運動家の回想録』（明石書店）、ホ・ヨンソン他、詩集『海女たち』（新泉社）。編著に『死ぬふりだけでやめとけや　谺雄二詩文集』（みすず書房）、『金石範評論集Ⅰ』（明石書店）、など。二〇一七年、『声　千年先に届くほどに』で鉄犬ヘテロトピア文学賞受賞。

訳者　牧野美加（まきの　みか）

一九六八年、大阪生まれ。釜慶大学言語教育院で韓国語を学んだ後、新聞記事や広報誌の翻訳に携わる。第一回「日本語で読みたい韓国の本　翻訳コンクール」最優秀賞受賞。訳書にカン・ヒョンギョン著『バニトレ！　バベバニの奇跡の10日間ダイエット』（PHPエディターズ・グループ）、共訳書にチェ・ウニョン『ショウコの微笑』（クオン）。二〇〇八年より韓国在住。

〈はじまりの人〉は新しい発想と実行力で
私たちの人生をより豊かにしてくれた人々を紹介する、
クオンのノンフィクション・シリーズです。

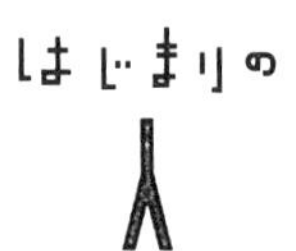

オルレ
道をつなぐ

2020年9月25日　初版第1版発行

著者　ソ・ミョンスク（徐明淑）
翻訳　姜信子、牧野美加

編集　伊勢華子
校正　山本則子
装丁　緒方修一
印刷・製本　中央精版印刷株式会社
発行人　永田金司　金承福
発行所　株式会社クオン
〒101-0051 東京都千代田区神田神保町1-7-3
三光堂ビル3階
電話 03-5244-5426　FAX 03-5244-5428
URL http://www.cuon.jp/

ISBN 978-4-910214-11-5　C0098